LES RONCES

DU MÊME AUTEUR

Roman fleuve, Le Rouergue, 1999 ; Folio n° 3553.
Mougaburu, Le Rouergue, 2001 ; Livre de poche n° 30174.
Les Ronces, Le Rouergue, 2006.
La Route de Tassiga, Le Rouergue, 2008.

ISBN 978-2-7427-7686-3

ANTOINE PIAZZA

LES RONCES

roman

BABEL

Tout le romanesque tient dans un mur mitoyen.

ALEXANDRE VIALATTE

1

La veille de la première rentrée, je fis le tour du village en me rappelant que le maître d'école se vendait autrefois dans les foires. Dressé sur une caisse, il réclamait un setier de blé, une barrique de vin pour passer l'hiver et de la paille pour faire un lit. Il vantait ses mérites comme un charron, dans le patois que parlaient ses futures victimes, et faisait le détail des paroisses où il avait demeuré, des pays où il était allé à pied, ou sur la croupe d'un vilain mulet qu'il frappait avec sa férule et qui l'accompagnait encore… J'avais écrit la date du lendemain au tableau, jeudi 9 septembre 1982, empilé les cahiers sur les bureaux et j'avais aidé le plombier à engager la moitié du corps dans le poêle à mazout où l'attendait la calamine des derniers hivers. Dans la rue, des femmes, qui plaquaient un torchon contre un mur brûlant ou épinglaient sur un fil de fer des champignons coupés en lamelles, rentrèrent précipitamment chez elles pour arracher leur enfant aux profondeurs de cuisines peuplées de mouches. Mais, seules les petites filles modèles se montrèrent ce soir-là. Les autres enfants embrochaient des lombrics avec des brindilles au fond d'un jardin, ils mangeaient des pommes vertes et ne répondaient pas aux parents qui allaient dans les courants d'air chargés d'odeurs de lessive pour leur annoncer que le nouveau maître d'école était devant la porte. Ils étaient cloués sur le sol tiède et ne faisaient aucun effort pour se lever. Leur ventre recélait la chair âcre des fruits volés et leur bouche était fermée par la glu des grenadines. Pour un instant encore, grandis par cette filiation au village que je n'avais pas, ils étaient les rois libres et puissants qui régnaient sur l'été presque mort et moi, je n'étais rien.

Des princes déchus surgirent le lendemain, vaincus par de rudes récurages. Ils avaient l'épiderme en feu et le cheveu noir. Ils étaient enduits de crèmes, gavés de tartines, muets comme des jouets. Leur corps avait reçu l'onction de l'eau de Cologne, une onction extraordinaire… Pourtant, tous n'avaient pas atteint l'école après quelques secondes dans le vent des camions, la paume d'une main sur leur crâne bien lisse. Certains arrivaient de si loin que l'odeur de leur maison les avait abandonnés en chemin. Ils s'étaient levés au dernier moment et avaient poussé leurs doigts dans les cheveux ou à la surface des paupières. Ils avaient pris au milieu des vignes, franchi les murettes rehaussées de ronces, salué les chiens égarés et s'étaient efforcés d'échapper aux vieux rassemblés sur un sentier, impatients de parler à quelqu'un, fût-ce un enfant en fuite. Mais la parole impérieuse et légitime des vieillards était restée en l'air car les enfants avaient un pas rapide. Ils couraient vite, en serrant leurs mains sur les poches remplies de ficelles, de clous rouillés et de canifs. Ils voulaient bien déposer leur vie n'importe où, sur les crêtes sans ombre, sur la cime des arbres ou dans une salle de classe, pourvu qu'il n'y eût pas un seul vieillard à qui parler.

J'inscrivis onze noms dans mon registre, distribuai des cahiers, des crayons et soumis aussitôt mes élèves aux tortures que la République avait inventées pour que le plus infime de ses braconniers devînt soldat ou citoyen. Je consacrai septembre aux courriers administratifs, à la réception des représentants qui vendaient des méthodes de lecture révolutionnaires ou des pots de gouache, aux visites du maire qui me promettait de nouveaux élèves et, à terme, une seconde classe. Je partis ensuite pour les hameaux perdus, les maisons fermées, les châtaigneraies à l'abandon. Je connus un premier automne au croisement des coupe-feu, dans l'air sucré de résine, et un premier hiver au-dessus des forêts à la découverte de névés larges comme une main. Dans l'ombre des hommes qui se posait sur le chemin de mes retours, je décelai des personnages minuscules que mes échappées avaient attirés sur un promontoire. C'étaient les petits vieux postés pendant la semaine sur le chemin de mes élèves, prêts à raconter leur vie à des enfants sourds. A défaut de retenir les écoliers, ils tentèrent de retenir leur maître, qu'ils se refusèrent d'abord à reconnaître comme tel car à leurs yeux les maîtres d'école étaient boutonnés dans une blouse grise et poussaient devant eux une jambe de bois ramassée jadis sur les plateaux de l'Argonne. Ils savaient les terres perdues d'où je rentrais. Ils y avaient couru avec un fusil, des chiens, des camarades ou encore des frères, des cousins, tous morts depuis, emportés trop tôt. Ils dressèrent le portrait des fermes que j'avais aperçues en avançant au milieu des ronciers, en m'immobilisant sur d'épaisses brassées de genêts à terre. C'était un ailleurs rebelle qu'ils rebâtissaient devant moi, avec leurs mots pour dire la silhouette des paysans posant pour le photographe devant l'herbe droite ou devant une façade, pour dire les friches que ces paysans avaient pacifiées au point d'en faire un champ, pour dire la maison qui fut docile à l'homme pendant deux ou trois générations. Je vécus la première année sous le ciel, soucieux de suivre tous les sentiers jusqu'à leur anéantissement dans les landes ou sur les falaises, passant devant les bergeries détruites et au milieu des jachères. J'appris ainsi que la commune était une accumulation de terres sauvages et de pierriers vierges et culminait en deux endroits : sur les extrémités d'un adret désignant la mer au loin, d'abord, et sur les rondeurs sombres d'un ubac où arrivaient, exténués mais encore vivants, les froids hivers d'Auvergne. Toutes les sentinelles rassemblées sur les promontoires pour surveiller le moindre de mes pas se rappelaient l'école de leur enfance, autrement dit les siècles d'ennui et d'ombre. Aussi, quand, après m'avoir vu partir seul pour les sommets, ils me virent accompagné de mes élèves, les vieux déclarèrent avec aplomb que les enfants avaient bien le temps d'aller à tous les diables et que ce n'était pas à moi de les accompagner.

Ils avaient certainement raison. Tout eût été plus simple si j'avais parlé aux parents à la fin de la première journée, si j'avais forcé l'entrée des maisons en mettant un pied dans l'ouverture de la porte comme font les voyageurs de commerce, pour dire que les règles du participe, les cahiers posés à plat et les récréations à heures fixes étaient un jeu. Mon enfance n'était pas si loin, elle reposait dans une vallée voisine aux versants froids et couverts de forêts, cernée de sommets arasés par d'antiques glaciations et il y avait dans la petite ville où j'étais né, un armurier réputé chez qui tout le monde ici, à commencer par le maire, achetait ses fusils et ses cartouches et un chirurgien cardiologue qui n'avait jamais tué personne. Il y avait aussi des commerçants ou des notables dont j'entendais le nom depuis toujours, des noms que les gens d'ici étaient les derniers à prononcer parce que l'attraction des autres villes, telles que Béziers ou Narbonne, commençait au-delà. Tous avaient appris que j'avais arraché ma nomination au dernier moment, en envoyant des courriers depuis l'Afrique où j'étais parti précipitamment deux ans plus tôt, comme un voleur, peut-être, un déserteur, sûrement, qui avait ainsi échappé, à défaut de conscription, à l'uniforme des soldats. L'école était inscrite au bout de la liste des postes à pourvoir, oubliée, à peine visible. Je n'avais rien choisi, j'étais là faute de mieux, fatigué par les fièvres et le soleil, prêt à m'enfuir au milieu de l'hiver, à la première bourrasque.

Quelques jours après avoir emménagé dans le logement de fonction, j'avais filé à l'épicerie pour attraper, rangé au-dessus des berlingots de Javel, à un bon mètre du bras tendu par le plus grand de mes futurs élèves, un flacon de Destop méconnaissable sous son étiquette grillée par la lumière de dix étés. Vous avez déjà bouché l'évier ? me dit l'épicière assez fort pour être entendue par les badauds qui avaient emboîté mon pas. Les gens du village ne bouchaient pas les éviers. Leurs ancêtres avaient connu les grandes privations, mangé des châtaignes et des champignons crus… Eux-mêmes avalaient tout, les pommes de terre avec la peau, les fanes de radis mélangées à la soupe et jetaient le reste aux cochons, c'est-à-dire les pierres. L'évier déjà bouché ? Oui, déjà. A peine rentré d'Afrique, le sang corrompu par les épidémies ou par les rêves, je m'en prenais à l'impeccable ordonnance des canalisations rurales, au bonheur irréversible des autres…

2

La première maison où j'entrai était perdue dans les confins, appuyée sur des barricades de pierres et remplie de bruits. Gaétan la quittait une heure avant l'école et avançait lentement sur les sentiers, dans les odeurs intactes du matin, une heure de braconnages sacrifiés dont il me faisait le reproche le reste de la journée en répandant de l'encre sur ses cahiers. Il était le plus vieux de mes élèves, avec un visage triste et un crâne tout en longueur posé sur un corps interminable, interminable comme fut l'accouchement qui le libéra de la matrice de sa première nuit pour le pousser dans sa vie d'herbes et de ronces. Vieil enfant maladroit, inapte à quitter le village pour aller au collège l'année suivante, ou, plus tard encore, à l'armée, Gaétan prenait chaque mois un bon centimètre, rétif à tous les problèmes d'arithmétique mais calculant avec aisance la date de son triomphe, le jour où il afficherait la même taille que la mienne. C'était sa revanche sur la santé défaillante de sa petite enfance, pendant laquelle il avait reçu la brûlure de toutes les pommades et bu des potions, des tisanes par centaines. A l'école, qu'il avait rejointe avec deux ans de retard, il mélangeait les lettres de l'alphabet, sa droite et sa gauche, appliquait sur le rebord de son pupitre d'épais caillots de morve et s'endormait au début de l'après-midi sur son cahier ouvert, la joue contre une flaque d'encre. Je m'approchais du pupitre et réveillais l'enfant pour ouvrir avec lui d'autres cahiers, pour lui apprendre à désigner son bras droit et à lever sa main gauche ou à marcher à reculons. Mais il ne comprenait rien à tous ces gestes inutiles, aux annotations à l'encre rouge, à son cartable plein de cahiers, à toutes ces heures passées en classe. Le domaine presque infini entre la maison des siens et le village était son refuge. Gaétan avait donné un nom aux bosquets et aux ruines, il connaissait les replis de terre humide où les sangliers déposaient leurs laisses, il faisait courir ses mains dans les fougères, découvrait un piège et prononçait sans bégayer le nom des vieux habitués qui braconnaient sur son chemin.

En novembre, la maladie le retint chez lui et aucun de ses camarades ne voulut se risquer au milieu des animaux errants ou des dragons en fuite pour lui rendre visite. Je pris les leçons et les devoirs et m'engageai sur le parterre de ronces que le pas de l'enfant avait appliqué au pied du ballast et que son poids, le poids imminent d'un homme, avait tassé, étouffé au point d'en faire un tapis. Je quittai la voie ferrée par un tunnel creusé dans un buisson et atteignis un talus au pied duquel passaient des moutons. Là, devant les immensités de pierre et d'ombre, droit et fier comme un prisonnier renouant avec la lumière, je rompis l'eau stagnante du troupeau que le cri d'un berger avait figé et rencontrai la résistance d'une toison brune, qu'un second cri changea en houle. Mes pieds, qui s'étaient détachés du sol, retrouvèrent le dur contact du bitume et reprirent leur méticuleux piétinement. A mesure que je m'éloignais des brumes de la vallée où se mêlait la fumée grasse des premières cheminées allumées, l'air était plus froid et le trait d'herbe au milieu de la chaussée, plus épais. Le paysage rassemblait des façades de maison sans volets et des corps de ferme rénovés par les descendants de fermiers, tanières vides pour dix mois et silencieuses, déjà plongées dans l'hiver. La montagne toute proche, habitée par des vents inconnus ou encore par des paysans austères, des sauvages assurément, avait poussé vers la vallée un bras de forêt et quelques roches que les premiers Molinier, les ancêtres de Gaétan, avaient entourées de vergers. Le vallonnement qui précédait la ferme était une terre morte que des voleurs de bétail ou des conscrits en fuite, à défaut de contrebandiers et d'esclaves marrons, avaient parcourue autrefois. Désormais, les mouflons égarés couvraient les sentiers tracés et marchaient sur le ressac des cultures anciennes, au milieu des charrues et des socs. Mais, avant de mourir, la terre se montra pendant trois siècles âpre à ses vainqueurs qui avaient espéré du blé là où le soleil froid des ubacs ne pouvait donner que du seigle et ajouta tant de pierres aux moissons que les maquis furent bientôt plus larges que le ciel. Les Molinier vivaient mélangés au fer usé des outils, à la carcasse des mulets et aux morts eux-mêmes. Ils subsistaient sur ce pan humide et ombré avec quelques poules et un potager. Ils touchaient la pension de retraite des anciens et le bricolage du plus jeune, l'oncle, rapportait un peu d'argent. Les femmes, qui s'épuisaient en ragoûts, retenaient les meilleurs morceaux pour Gaétan que l'on voulait grand et qui devint immense et vigoureux, parce que l'oncle Gaby était immense et vigoureux et parce qu'aucun soleil ne brillait autant que l'oncle dans le ciel de l'enfant.

Le grand-père n'existait plus après avoir existé fort peu. Les hommes, ici, pouvaient accéder à l'état de maître comme descendre à celui de serviteur. Il suffisait d'une épouse puissante et bornée. D'une maladie. D'une absence prolongée. La guerre et les Colonies. Les blessures et les fièvres. Et la mélancolie. Les femmes se dressaient alors, colosses superbes et redoutables comme aucun mari ne l'avait été avant elles. La grand-mère avait régné, sans doute, mais le grand-père déchu avait mis autrefois deux enfants dans son ventre, la fille, tout d'abord, et le garçon ensuite, c'est-à-dire l'oncle, chacun affichant un poids de dix livres, au sortir d'une matrice que par bonheur ils avaient habitée l'un après l'autre, avant de vivre si proches qu'on ne pouvait savoir quelle matrice nouvelle ils avaient inventée pour demeurer ensemble. Ils eurent une enfance de châtaignes grillées et de bottines ressemelées et pas de jeunesse, ou si peu, quelques bals pendant lesquels il prit assez de cuites pour être écœuré de l'alcool à jamais, et elle, grande, osseuse, avec ses épaules larges, se courbant au point de casser son corps en deux pour mettre son visage à la hauteur des autres visages, découvrit, au milieu des garçons du pays qui ne la regardaient pas, le père de son futur enfant, saisonnier désœuvré qu'elle séduisit avec les pierres de son domaine. A sa naissance, Gaétan était si gros, si rouge, il était un Molinier si pur, que le père épouvanté prit le large. Pour le retrouver, le frère et la sœur entreprirent un cabotage qui les conduisit de bistrot en bistrot. Tous deux formèrent pendant leur équipée un couple si parfait que, lorsque le fugueur fut enfin aperçu, dans le buffet de la gare de Bédarieux où il s'était établi et où il commençait à régner sur une cour de poivrots somnolents, ils ne surent, au moment de l'arracher à son socle de mégots froids, quel titre lui donner à la face du monde. A son retour, le mari comprit qu'il était peut-être le père de l'enfant mais qu'il n'était pas son dieu. On lui confia des tâches dérisoires quand l'oncle abattait des arbres ou retenait un tracteur prêt à verser. Bientôt il eut un peu d'argent de poche qu'il dépensa dans des cafés et il se crut libre. Et libre, il le fut sans doute pendant les premières années, quand il y avait à la ferme assez d'ouvrage pour attacher les adultes à la rénovation des corps de maison, à l'invention d'un puits, à tous ces projets que l'oncle accumulait sans penser un instant qu'il faudrait à ses côtés des journaliers par dizaines pour en venir à bout. A huit ans, Gaétan partit seul pour l'école. Il s'enfonça dans le paysage oblique qui rejoignait la vallée, posa sa main dans la gueule des chiens de berger, se hissa sur la voie ferrée et atteignit l'école en coupant par la petite vigne au-dessus de la cour, en glissant le long d'un jeune pommier, en s'écrasant sur ses camarades de classe. Il était déjà le plus grand mais, par bonheur, l'institutrice qui l'attendait à cette époque pour le mettre en cage ressemblait à un mur.

Les Molinier ne savaient pas que j'avais l'intention de visiter l'enfant chez lui. Ils ne pouvaient imaginer les maîtres d'école qui m'avaient précédé suivant le sentier le long de la voie ferrée, baignant dans la houle tiède des troupeaux, risquant leurs os fragiles, leurs chairs délicates pour accabler de travail un écolier convalescent. Aussi furent-ils ennuyés de me voir arriver chez eux le jour choisi par Gaby pour vider les hangars et les remises. Le domaine était comparable à un baleinier passé en carène, à peine visible dans cette brume de novembre née cinq cents mètres plus haut dans la racine des sapins et qui glissait comme une eau froide avant de s'immobiliser sur l'herbe. L'oncle allait d'une grille à son tracteur, les manches retroussées sur des bras rougis par le froid, ajoutant aux odeurs de pneu brûlé et de terre retournée les exhalaisons d'un café dont il avait empli son ventre, un authentique café de campagne qui surgissait à profusion d'une cafetière cabossée, le seul outil de fer qu'il abandonnait à sa mère, à condition que celle-ci en fît une arme à répétition. Tout l'acier des premiers âges était répandu sur l'herbe : les socles, les herses, les charrues, noires comme le charbon. Sur le perron de la maison, les deux femmes, la mère et la grand-mère, surveillaient les pas lents de l'enfant au milieu des décombres. Gaétan n'avait pas paru à l'école depuis deux semaines. Il était habillé d'un grand anorak à capuche tout neuf, une de ces armures contre l'hiver achetée avec une erreur de deux tailles et pour laquelle il avait renoncé à son lit et au tipi tendu avec un drap moite au-dessus des fumigations. Il allait lentement, comme un cosmonaute, sourit quand il me vit mais ne vint pas à ma rencontre. Peut-être étais-je encore un étranger à ses yeux ? Ou peut-être n'étais-je même pas une ombre familière, un lien inespéré entre la nuit grise du père et le jour éclatant de l'oncle. Finalement, on me fit entrer dans la maison et on détourna, pour redonner vie à mes membres engourdis par le froid humide, un peu de ce café qui s'écoulait comme un sérum dans les chairs de l'oncle. Gaétan, m'avoua-t-on, n'était pas seulement trop grand pour son âge, il grandissait trop vite et ses habits n'atteignaient pas le bout des saisons. Il avait pris trois centimètres pendant le dernier mois. Une poussée qui l'avait terrassé comme une fièvre… Il pouvait à peine avancer. Sa mère ne voulait plus le voir s'épuiser sur les sentiers ou sur la voie ferrée au milieu des fougères géantes et des animaux fabuleux. A l'avenir, me dit-elle en désignant une ombre en retrait, son père le conduira à l'école en voiture. L'enfant s'était extrait de la ferraille de l'oncle et, guidé par un regard de sa mère, marchait vers moi. Curieusement, chacun de ses pas le poussait vers les hauteurs. L'enfant était plus grand que les hommes, plus grand que l'oncle debout dans l'acier rompu.

Gaétan revint à l'école avec des reliques modestes, un moulin à café, un briquet à amadou, des mouchoirs brodés… Il explorait depuis peu les territoires que l'oncle avait négligés : les remises, les greniers, les établis et se constituait un petit butin qu'il cachait dans son cartable, qu'il conserva précieusement dans son bureau et qu'aucun enfant ne déroba. Bientôt, le bureau fit plus de bruit qu'un troupeau et l'enfant, qui craignait d'être grondé, livra ses trésors. Ceux-ci furent assez nombreux et assez insolites pour qu'on les mît en vitrine. L'enfant délaissa les sentiers autour de chez lui où il s'attardait habituellement, à la recherche de cailloux et d'herbes, et partit à la découverte de sa propre maison. Il en rapporta tant de merveilles que sa mère, affolée, se présenta devant l'école. Par bonheur, elle ne put accuser personne de vol, car aucun objet ne manquait, mais, pour faire oublier le recel dont j'étais en fait le seul coupable, j'invoquai le projet d'une grande exposition qui avait ses premières pièces de valeur : les siennes. La mère de Gaétan approuva l'idée et promit d'étoffer la dotation. Les élèves s'enfoncèrent dans les greniers et les caves et j'interpellai les plus anciens des habitants du village pour les prier de me confier, l'espace d'un jour, d'un après-midi, une vieille horloge ou une lampe à pétrole qui n'éclairait plus rien depuis longtemps. J'ouvris l'école un dimanche, au début de mon premier hiver et je l'ouvris à tous, à mes élèves, à leurs parents, au maire, au curé, aux gens qui avaient en vain cherché quelque chose de remarquable au fond de leur grenier, à ceux qui n'avaient rien voulu donner. Tous, en entrant, eurent un petit geste de retrait comme si une voix familière avait interrompu leur course. Il y avait des chapeaux de feutre vissés sur leur forme en bois, des fourches, des pots de grès avec leur couvercle, des jupons, des plastrons, des faux avec leur pierre à aiguiser, des sabots, un calendrier des Postes de 1946 et des parapluies de berger. Puis, au-dessus de l'inventaire, l'odeur échappée d'un autre temps, lourde, pesante comme une bâche mouillée par mille pluies. Je marchais sagement derrière les personnages considérables, ceux qui avaient vidé leurs caves ou leur armoire, ceux à qui le moindre outil, le moindre mouchoir brodé arrachaient une anecdote. Les anciens s'étaient assis avant d'avoir bouclé un tour et, désignant un poste de radio au milieu de chiffons, juraient qu'ils avaient une TSF aussi vieille que les ruines exposées et qu'elle était en état de marche.

3

Plus tard, des universitaires qui préparaient un livre vinrent dans la vallée pour rassembler des témoignages. Ils demandèrent au maire la salle du conseil. Rarement plus de trois ou quatre étrangers se trouvaient dans le village au même instant et au milieu de la semaine : des parents lointains en visite, attablés autour d'une toile cirée, des voyageurs arrêtés au bureau de tabac, des représentants de commerce, des marchands ambulants qui déroulaient depuis le département voisin des kilomètres de saucisse ou encore le livreur d'Agrigel. Quelques personnalités arrivaient jusqu'ici, des candidats aux élections à qui le maire ouvrait aussi la salle du conseil pour des réunions publiques, ou le député lui-même, qui venait à la rencontre des vignerons ultimes de son arrondissement. Pour la plupart, des gens sans questions qui ne faisaient pas de livres. Mais ce jour-là tout le monde se rendit à la mairie. Les hommes s'assirent d'un côté et les femmes de l'autre, comme à l'église. Tous étaient silencieux et craintifs comme ils le furent le matin de leur certificat d'études… Les universitaires préparaient un ouvrage sur un bandit espagnol qui s'était caché dans la vallée, cinquante ans plus tôt, personnage obscur mort aux Îles en 1939 et dont ils poursuivaient l'ombre, assurés de trouver dans les villages les témoins de ses crimes. Tejedor était un voleur de poules et les gens de l'assistance, qui ne lisaient pas mais connaissaient le prestige des livres, s'étonnaient que l'on pût en écrire un sur les voleurs de poules, ou mieux, sur un Espagnol. Car les Espagnols déferlant naguère encore en hordes pour les vendanges, dans des trains spéciaux arrêtés à Narbonne ou Béziers, des trains que l'on remettait en service quand toutes les banquettes avaient été épouillées, les Espagnols étaient fort peu de chose, des ventres creux, des voleurs, sans le moindre doute, animés par le vice ancestral de la faim qu'ils avaient reçu de leurs parents.

Il fallut la parole du maire pour que le public ne déguerpît pas. Les auteurs du livre furent présentés dans la parure de titres mystérieux et fastes qu'aucun instituteur de la vallée n'avait jamais arborée. Ils parlèrent l'un après l'autre en pointant le menton vers l'assemblée des femmes d'abord et celle des hommes, ensuite, comme le faisait le maire à l'occasion des mariages. Ayant rassemblé pendant la semaine les vieillards des villages voisins, ils savaient que les gens d'ici bavardaient beaucoup et se livraient peu. Pourtant, les langues se délièrent. Tejedor était un pauvre bougre, un vagabond ; mieux encore, il était une ombre. Nombreux étaient ceux qui savaient ses exploits, plus rares ceux qui l'avaient aperçu. Parmi les survivants, seul Emile Azaïs, dit Milou, l'avait vu et lui avait parlé. Le vieux Milou, qui arrivait à peine de chez lui où on était allé le prendre avec une voiture, était tout amolli par la cire des ruches et la chair granuleuse des buis. Son corps uni aux intempéries, aux ravins, aux pierres, uni au siècle, enfin, son corps était en paix, soigneusement plié dans le chiffon tiède de ses vêtements. Milou avait eu à l'époque de Tejedor une femme qui l'habillait, le brossait quand il rentrait couvert de poussière, le séchait quand la pluie se mêlait à la poussière. Milou possédait des arpents, un jardin et quelques bêtes. Mais aux sillons bien droits plantés dans la terre de ses pères, il préférait le collier de pièges dont il s'entourait avant l'aube et qu'il répandait dans les fougères. Un ratier superflu qui lui servait de compagnon l'abandonna un jour à ses torrents pour gratter le sol sous les chênes verts et découvrit des truffes grosses comme des poignées de porte. Après vingt ans dans les bois et deux chiens truffiers, qu'il avait enterrés dans son jardin, l'un sur l'autre, à dix ans d'écart, Milou fit à sa femme un enfant. On ne sut pas quel fer entrava le ventre de la mère car le fils sortit avec la tête ouverte par une blessure qui ne se referma jamais tout à fait et dans laquelle les médecins ne lurent qu'un bec-de-lièvre. La mère mourut pendant l'enfance de son fils, assez tôt pour que celui-ci prît en compte la seule parole du père, formulée dans un patois que le français ne contamina pas. Le fils grandit au milieu des chiens nerveux et des lièvres morts. Il apprit le français à l'école et dans les livres. Adulte, il ensevelit la moitié de son visage sous le poil noir d'une barbe et devint professeur d'histoire dans une école religieuse. Seul, son père lui parlait en patois, la seule langue qui savait dire la vie savante sous les fougères et la noirceur des truffes. Le fils prit le père sous sa tutelle quand celui-ci eut quatre vingts ans… Le vieil homme avait échappé à la guerre et aux Allemands égarés, aux gens du village qui n'arrivaient jamais jusqu'à son hameau, aux hommes enfin dont il n'avait pas connu les ruses. Un jour de marché, peu avant la visite des universitaires, au milieu des platanes conduisant au Crédit agricole de Saint-Pons, Milou, qui avançait avec prudence, posant sur le bitume du mail son ombre, une ombre d'enfant, fut accosté par un inconnu. L'inconnu avait sûrement fouillé les archives des mairies de la vallée car il cita des Azaïs qui avaient vécu sous Napoléon, des bergeries isolées que les Azaïs avaient construites. Lui-même était un Azaïs, un cousin qu'une brouille d'ancêtres avait tenu loin des siens et que les vicissitudes de la vie avaient rendu tel qu'on le voyait ce jour-là, bâtisseur terrassé par les créanciers, qui réclamait juste dix mille francs pour se refaire. Milou entra dans la banque, fit un retrait de dix mille francs qu'il remit à son cousin sous les yeux du guichetier. Le samedi suivant, le fils à peine rentré de Toulouse apprit de son père l'histoire des dix mille francs et se précipita à la gendarmerie. Les gendarmes dirent aussitôt que l'escroc était à cette heure passé dans un département voisin, où il se lançait à la recherche de vieux cousins boitillant sur le gravier des esplanades. Dépouiller ainsi les gens avec des compliments et des confidences pour seules armes était aux yeux des gendarmes un prodige que seuls pouvaient accomplir des malfaiteurs de haut vol, rompus à la naïveté de leurs contemporains comme d'autres l'étaient au mécanisme des coffres-forts. Les dix mille francs étaient perdus et les gendarmes suggérèrent au fils que, à défaut d'attraper le criminel, on pouvait punir la victime. Surgit alors, dans ce patois qui avait uni les deux hommes, une semonce d'autant plus violente qu'elle arrivait après quarante ans de complicité. Le fils s'emporta contre le père, si fort, mais avec tant d'amour dans la colère que l'un et l'autre s'embrassèrent finalement comme des frères.

Lorsque Milou, assis au milieu de l'assemblée des hommes, entendit enfin son nom, il prit peur car son nom sonnait désormais à ses oreilles à la façon d'un blâme. Il avait, disait-on, surpris Tejedor dans une combe, à la fin de l'été 1931. Le bandit avait pillé la baraque d'un charbonnier italien et s'enfuyait avec la faim des autres sur son dos. La combe, profonde et humide, était le dernier endroit au monde pour une rencontre. Mais, si la fuite y avait poussé le bandit, par quelle magie Milou se trouvait-il là ? Le vieil homme reprit le béret qu'il avait coincé sur un genou, décrocha sa canne sur le dossier d'un siège et se leva en demandant à sortir. A peine fut-il dehors que les auteurs du livre se précipitèrent à sa suite et l'arrêtèrent sur le petit chemin bordé de rosiers qui surmontait la route. On craignit que le vieil homme n'eût un malaise. Quelqu'un proposa de le raccompagner chez lui en voiture et tous, les universitaires venus pour leur livre, les gens de la vallée, qui avaient appris l'histoire des dix mille francs, tous approuvèrent. Le vieil homme n'avait pas marché depuis les dernières élections sur le chemin bordé de rosiers et son pas était lent, méthodique comme il le fut autrefois quand il allait se terrer dans les replis giboyeux. Les savants le pressaient de parler, car ils étaient lassés d'entendre depuis trois jours le seul témoignage des villageois qui parlaient pour leurs parents défunts. Aussi, voulaient-ils connaître le passage de Tejedor dans le souffle noir de l'avant-guerre. Tout s'emmêlait dans l'esprit de Milou : l'argent, cette liasse dérisoire et compacte de billets neufs qu'il avait glissée dans les mains de l'escroc ; son fils, dont il voyait le buste dressé dans le ciel tourmenté par les nuages et dont il entendait sonner la voix, avant chacun de ses gestes ; Tejedor, qui avait échoué au bagne pour quelques jambons, ou encore les gendarmes qui allaient le cueillir avant ce soir dans son petit jardin tapissé de figuiers, dès qu'ils sauraient l'histoire à moitié séculaire de la combe. Enfin, pour se soustraire aux paroles douces et pour échapper à ces érudits qui habitaient la ville, il avoua qu'il avait bien vu Tejedor à la fin de l'été 1931, que le bandit lui avait parlé, en effet, mais dans une langue d'aveugle, précisa-til curieusement, et il ajouta que lui ne dirait rien, parce que ce jour-là, il braconnait dans les collines et qu'il ne voulait pas, pour un Espagnol mort aux galères, pour un renégat brandis sant le poing vers le ciel, finir sa vie en prison.

4

Deux ou trois semaines après la rentrée, le maire m'apprit qu'il était d'usage pour les jeunes arrivant dans la vallée de faire une visite aux anciens dans leur retraite. La maîtresse d'école qui m'avait précédé habitait une maison neuve construite en bordure du village voisin et nous attendait, ma femme et moi, devant chez elle, au milieu des herbes et des joncs, immobile et droite comme un chef indien qui guette des nuages de fumée dans le ciel. En réalité, elle se tenait ainsi tous les jours depuis son départ à la retraite, guettant le retour de son mari qui usait ses dernières années dans la contemplation des rayons visserie et clouterie du Catena de Saint-Pons. Nous arrivâmes dans le même temps que lui. La maîtresse d'école me salua à peine et s'empressa auprès de ma femme, qu'elle conduisit jusqu'à la terrasse dominant la rivière où, négligeant les conseils qu'elle avait préparés pour moi, elle accabla son invitée, qui était jeune épouse et future mère, de recommandations qu'elle n'avait prodiguées à personne, de secrets de femme celés dans les recoins de son corps. Le mari m'avait déjà entraîné au fond du garage où se trouvaient les magnifiques posters que le couple avait décrochés aux murs de la classe pour les enrouler, les stocker, me les donner enfin. Il eût été si simple de les laisser à leur place… Il me fallut entrer dans la nuit de la vie finissante du couple, entendre les souvenirs du mari, qui était né en Lorraine ou en Normandie et qui avait pris des galons dans l'administration des impôts avant de poser sa vie ici. Il me fallut dire merci pour des photos de poulains surpris au milieu d'un pré, de chalets tyroliens, du mont Saint-Michel vu du ciel, avec moutons égarés et lointains scintillants sous le soleil couchant. Et je dis merci. Je savais pourtant que j'allais tout déposer dans une poubelle… J'étais tenu de saluer, de remercier, pas d'accrocher le néant des vies cantonales sur les murs de mon nouveau domaine. Avant de revenir à la lumière du jour où étaient les femmes, je vis, conservées sur une table basse que cernaient des cartons et des boîtes à outils entrouvertes et offertes au regard, des piles du magazine *Détective*, un journal à sensation qui faisait depuis des décennies la relation des meurtres, des incestes et des perversions, vantés par des titres imaginatifs et racoleurs, un journal gorgé d'encre et de sanie dont les lecteurs les plus fidèles se débarrassaient après lecture et que le couple avait soigneusement archivé. Sur la couverture de l'exemplaire au sommet de la pile, je lus ce titre : "Il jette un enfant dans le vide."

Jeter un enfant dans le vide… L'ancienne institutrice avait donné à mes élèves le goût des pupitres arrimés et des cahiers bien tenus et, dans les confidences qu'elle me fit, au moment de nous raccompagner, en se tenant derrière le portail, elle livra quelques noms. Le nom des gaillards partis pour le collège, le nom des bons élèves qui continuaient à grandir avec moi et à qui elle avait tout appris, ou presque, les tables de multiplication, les préfectures et le pluriel des mots en -ou. Elle me parla de Gaétan qu'elle avait connu avant l'époque du théralène et des sirops, insoumis et agité. Enfin, elle parla de Marielle, âgée de cinq ans, qu'elle avait gardée au milieu des coloriages et des jouets et que j'occupais maladroitement avec de la pâte à modeler. L'enfant n'avait-elle pas appris à lire ? Non, elle était encore trop jeune… Et je pensai à Marielle trop petite pour se plaindre et trop âgée pour s'endormir sur un coin de son bureau. Marielle avec une queue de cheval fermée par une épingle en nacre brun vieille de trente ans, de cent ans peut-être… Marielle habillée avec les vêtements que la mère avait portés autrefois… L'enfant en avait assez de dessiner des maisons en effilochant de la pâte à modeler sur une feuille de papier, une invention à elle. Et l'ancienne maîtresse d'école me confia que Marielle voulait apprendre, qu'elle voulait se mêler aux plus grands. D'ailleurs, elle avait un abécédaire à la maison, elle connaissait toutes les lettres, elle savait presque lire… Il me suffisait d'accrocher l'enfant aux autres…

J'avais été bien maladroit. Tout le monde dans le village, sauf moi, savait que Mme Vié, la mère de Marielle, fut en 1960 la première du canton au certificat d'études. Cette lumière la ceignait depuis plus de vingt ans d'un nimbe que le temps ne pâlissait pas et que n'avait altéré aucun diplôme ultérieur. En effet, il eût été facile pour la lauréate, avec un tel bagage, et quelques années d'apprentissage supplémentaires, de régner loin d'ici dans une salle de classe ou un bureau de poste… Mais le titre prestigieux n'eût jamais conservé son prix s'il avait été noyé dans les mérites ultérieurs, confronté à des prodiges issus des autres cantons, s'il avait été corrompu, dévoyé. Suivit un long repos, pendant lequel l'adolescente, nourrie par les livres que l'inspecteur d'Académie avait joints au nom de la République à ce diplôme que l'on encadra aussitôt, étourdie par l'air doux de la petite treille, avait plongé dans le monde fabuleux des contes de fées. Le prince charmant qui la réveilla était lui-même endormi depuis des siècles. Il avançait comme un somnambule, soutenu par les efforts de ses parents qui avaient conçu un fils et enfanté ce végétal curieux, surmonté d'une tête de cabotin blafard et quasiment muet. L'un et l'autre n'étaient pas seulement enfants uniques, ils avaient été lâchés par leurs exacts contemporains, moins doués qu'elle et plus dégourdis que lui, partis pour les lotissements de banlieues, et demeuraient dans le village, au premier étage d'une maison toute en hauteur. Elle entoura ses parents, soigna ses beaux-parents, tira la subsistance de tous d'un jardin potager pour la prospérité duquel son prestige passé ne fut d'aucune utilité. A peine échappé de l'enfance, de l'adolescence, de l'armée enfin, d'où il revint avec son permis de conduire, le seul diplôme qu'il obtînt jamais, le mari, qui devint cantonnier, rejoignit les départementales désertes. Avec une équipe d'hommes aussi somnolents que lui, dont il n'était pas même le chef, il s'employa à panser des plaies que les années, en accumulant orages et gelées, avaient posées sur les routes. Plus qu'un travail, plus qu'une aumône, c'était l'assurance d'un infime exil sur des confins que seuls les chasseurs traversaient encore, mais à pied, en coupant par les sous-bois et les talus. La commune devait être immense pour que le cantonnier fût trop loin pour rentrer chez lui à midi. Il mangeait avec l'équipe sur un coin d'herbe, tout près d'une flaque de goudron et filait sous un arbre faire la sieste. Il ôtait la casquette à rabats. Son crâne nu dévoilait quelques cheveux lisses et blancs collés par la sueur. La peau du cou était blanche, les joues, imberbes, les paupières, fragiles. L'ombre des arbres, presque froide et vide de mouches, ne le consolait pas du soleil et du goudron brûlant qu'il avait en horreur. Il y trouvait cependant un sommeil que ses camarades n'interrompirent jamais. Le cantonnier ressemblait à un paysan fuyant le zénith ou au dormeur du val. Il ressemblait à ces contrebandiers surpris au sommet d'un col par une tempête de neige, qu'une brusque glaciation retient pendant des siècles dans un sérac et qui affleurent intacts ou presque, avec dans le ventre un bol alimentaire dur comme la pierre avant d'être désigné par les fouilleurs "homme du ravin des Plos", par exemple, à cause d'un goulet tout proche dans les profondeurs glacées duquel il eût été découvert, blotti comme un enfant.

Le visage fermé que le cantonnier affichait pour acheter le pain ou lire le journal, son silence, sa morgue, la gloire ancienne mais tenace de son épouse, suffisaient à faire de lui un esprit supérieur. Le cantonnier ne parlait à personne mais il jouissait, à défaut d'amitié, de l'estime des gens du village pour qui une femme exceptionnelle n'épousait pas un imbécile. Le maire, qui faisait sa liste pour les prochaines élections et ne pouvait présenter Mme Vié, parce que les femmes entrèrent au conseil municipal plus tard, peu avant mon départ, proposa au mari la place que l'épouse pouvait occuper grâce à ses seuls mérites. Le cantonnier accepta. Mais il retourna aussitôt dans la croisée des chemins et des coupe-feu et négligea de s'instruire sur les projets qui occupaient le maire depuis quelques mois. Celui-ci avait hérité d'une école qu'il voulait conserver. Il connaissait l'effectif, l'âge des élèves, le nombre d'enfants en bas âge que l'on inscrirait un jour, le nombre de femmes mariées, le nombre de jeunes filles. Il n'avait pas de mots assez élogieux pour parler de l'instituteur de vingt-cinq ans que l'administration venait de donner au village, qui pouvait rester trente ans dans la commune, comme l'avait fait avant lui l'illustre M. Cros, et qui, un an seulement après son installation, allait offrir une future élève à son école. Afin de présenter sa nouvelle équipe, le maire organisa une réunion publique pendant laquelle il fit partager à ses administrés son enthousiasme pour l'école ressuscitée. Aussi, quel ne fut pas l'étonnement de tous quand on entendit le cantonnier, qui avait pris la parole peu avant la fin de la réunion, réclamer ma mutation. Le cantonnier avait retenu la leçon que sa femme lui avait dite avant son départ et la récita entièrement malgré le mouvement de houle que déclenchèrent ses premiers mots. Il n'écouta pas les murmures, les objections qui s'étaient élevés, il ne vit pas le maire qui entraînait ses administrés vers la sortie, comme il eût fait si la tapisserie de faux velours violet avait subitement pris feu. Le buste en arrière, la nuque en contact avec le col de sa chemise, les yeux à peine entrouverts, le cantonnier déroulait la mécanique impeccable de son dis cours. Sans se soucier de son auditoire en fuite, il affirma que sa fille n'avait pas besoin de courir les landes sur des sentiers encombrés de serpents et regretta les maîtres d'école grisonnants et tristes que la République triomphante offrait autrefois à tous les villages de France et grâce auxquels sa femme avait connu le triomphe que l'on savait. Si personne n'entendit le discours dans son intégralité, nombreux furent ceux qui en discutèrent les aspects essentiels, le lendemain matin, devant l'épicerie ou le bureau de poste. Avant que le maire en vînt à exclure le candidat de sa liste, une semaine passa pendant laquelle ses sentiments à l'égard du cantonnier allèrent de l'incompréhension au ressentiment. Ce n'était pas la première fois que quelqu'un du village prenait la parole pour dire une énormité mais c'était la première fois que l'on affirmait, sans la moindre précaution, une opinion opposée à celle du maire. La bourde était sortie de la bouche du cantonnier, mue par un phénomène mystérieux, une réaction physique qui eussent pu aussi lui arracher un cri ou un vent. Plus tard, alors que le cantonnier somnolait dans de lointaines friches, le maire traversa les rues du village et arrêta les passants devant une porte pour dire que l'incident était clos car le cantonnier n'était pas insolent, il était stupide. Puis il raya de la liste le nom de son candidat et pria le cantonnier d'attendre la nuit pour rentrer chez lui ou, mieux encore, d'établir des bivouacs sur les hauteurs. Le maire ne pardonna pas mais il oublia. Il ne s'était rien passé et le silence revint. Le village tenait ainsi depuis des siècles grâce au poids des habitudes et le maire était avant tout le gardien des lumières éparpillées, le seul qui pût étendre autour de lui une aile suffisamment large pour abriter tout le monde.

Marielle apprit à lire avant Noël. Quand j'emmenai la classe à Sète pour trois jours, elle fut la seule à avouer qu'elle n'avait jamais vu la mer. La seule à ne pas venir. Elle fit pourtant des études. Cinq ans avec moi puis le collège et le lycée. Enfin, elle fut reçue au baccalauréat, sa famille fut si fière que l'on conserva l'enfant avec son diplôme pendant des années dans la petite maison toute en hauteur. Aucun prince charmant ne vint l'enlever et, lorsque l'argent manqua, Marielle, qui ne voulait pas retourner la terre des jardins ou faire des conserves, accepta une place de secrétaire comptable dans une scierie plantée au bord d'une route nationale, tout près des chemins perdus que débroussaillait son père. Après l'incident de la réunion publique, dont on ne parla plus jamais, le cantonnier partit pour les grandes forêts du plateau où l'hiver avait commencé. Ses camarades et lui ne quittaient plus la banquette avant de leur camionnette. Emmitouflés et volumineux comme des ours, ils vidaient en silence une bouteille Thermos et regardaient la neige tomber.

5

Le maire avait grandi en fils unique au milieu des caisses de cerises et des sacs de marrons marqués au nom de sa famille. Les premières photographies de lui datent du temps béni d'avant-guerre, quand les femmes s'affairaient dans les remises. L'enfant était assis sur une petite chaise, près des caisses de cerises. Au second plan, se trouvaient la mère, la grand-mère, les tantes, les voisines et, sur le bord, un homme sans âge, un journalier sans doute. Pour le photographe, tout le monde avait interrompu son ouvrage, tout le monde sauf l'enfant, qui ne faisait rien. Et celui-ci fut sans métier pendant vingt ou trente ans, semblable à ces princes assignés à résidence dans l'ombre d'un roi. A la fin de l'école primaire, pour que l'enfant échappât au certificat d'études, qui était la récompense due aux humbles, et à eux seuls, on le mit en pension à dix kilomètres de chez lui, dans une école religieuse où les enfants de notables désapprenaient le patois et rencontraient d'authentiques étrangers. Le jeune homme eut soin de ne jamais ajouter un diplôme au bois des caisses ou à la toile de jute des sacs. A dix-sept ans, il rentra définitivement et fut aussitôt admis dans la compagnie des hommes. Il était assez grand pour atteindre les commandes de la voiture, de la fourgonnette et du camion de son père, assez habile pour apprendre à conduire sur un coupe-feu. Il fit ainsi ses premières livraisons, allant d'un hameau à l'autre, en coupant par les chemins de terre, en abordant le territoire des communes voisines. Il atteignit l'âge des permis de conduire et se rendit tous les jeudis à Castres, par la nationale, pour vendre ses primeurs au marché. Il prit ensuite le relais des expéditions paternelles, abandonnées pendant quelques années, et découvrit dans l'Allier, hissés sur des hauteurs incultes et imprégnés de pluies glaciales, des paysans qui attendaient le vin de son village depuis des mois. Les paysans étaient beaucoup moins nombreux, aussi ne sut-on jamais si c'était la soif qui les avait tués ou le vin que le père avait autrefois charrié sur le même camion… Le futur maire abandonna les livraisons à son tour pour rejoindre l'Algérie en guerre. Aucun homme de la famille n'était allé si loin pour se faire tuer et le jeune homme se porta plus loin encore, aidé par le hasard ou par la sollicitude des chefs. Il fut affecté à trois cents lieues des barouds, au mess de Tamanrasset qu'il ne quitta pas pendant deux ans et où il apprit une acrobatie périlleuse : le franchissement, pieds joints et sans élan, d'une chaise avec son dossier. Vingt ans plus tard, quand il ajouta des cigares et des liqueurs à ses ripailles, ou trente ans plus tard quand il fut replet comme un vieux teckel, il sautait toujours une chaise avec son dossier, sans élan et les pieds joints. Aucun souffle, aucun effort n'entourait l'exploit que le corps exécuta pendant des années et qu'il exécute peut-être encore aujourd'hui. D'ailleurs, à mesure que le corps s'empâtait, le saut gagnait en aisance, en précision, mais ce n'était plus un saut, c'était le souvenir de sa jeunesse qu'il promenait avec lui comme une icône précieuse.

Pour endosser un uniforme d'officier, le conscrit attendit d'être rentré au village. Le jeune homme n'avait pas son certificat d'études mais il avait autant d'orthographe qu'un instituteur. L'orthographe suffisait alors au couronnement des ambitieux et le futur maire, qui était pompier, se présenta aux épreuves de plusieurs examens et devint capitaine. Son père fit construire une caserne à la sortie du village pour rassembler les pompiers volontaires du canton et le mit à leur tête. Le capitaine aimait par-dessus tout les repas avec ses hommes, les expéditions nocturnes dans les coupe-feu ou dans les hauteurs embrasées, la chasse et les battues interminables. Jamais, pendant vingt ans, il ne connut ces petites foules que son père se plaisait à rassembler à la sortie de l'église et de la mairie, les banquets interminables et les réunions électorales. Ce fut pourtant la vie qu'il adopta à la mort de son père quand les habitants de la commune l'élurent à son tour malgré son jeune âge. Le nouveau maire quitta la maison vide d'un de ses oncles, une maison de maître dressée sur la route, pour la maison de sa mère au centre du village, dans un virage froid et hérissé d'hortensias. Il œuvra d'abord pour les siens, les pompiers, et fit construire près de la caserne un atelier de réparation où il installa Gaby, l'oncle de Gaétan, quand toute la ferraille de la ferme des Molinier fut détruite. Gaby tapa si fort sur des culasses mises à nu, sur des barres d'acier en fusion, le jour de la visite des responsables de la sécurité civile et des émissaires de la préfecture, que le maire reçut bientôt des crédits assurant son emploi, puis d'autres qui permirent d'embaucher un second mécanicien. Pour ceux qui n'étaient pas bâtis comme des atlantes il inventa le statut de sapeur-forestier. Il eut assez de bagout pour obtenir de nouveaux crédits, habilla dix hommes du pays avec de vieux treillis de l'armée et les conduisit au sommet d'un mirador, sur les crêtes cernées de plantations. Le nouveau maire étudia ensuite tous les dossiers que son père avait négligés, découvrit des organismes qui ramassaient le verre perdu ou nettoyaient le bord des rivières, fit des travaux dans le bureau de poste et à l'école. Peut-être avait-il attendu d'être assez savant dans l'art du discours pour se marier, d'être marié pour reprendre les marchés et les livraisons de vin dans les fermes perdues. Quand sa femme accoucha, il rentrait de l'Allier et roulait quelque part sous les pluies d'Auvergne. Les habitants accueillirent la naissance d'un fils dans le foyer du premier d'entre eux comme une aubaine. Ils savaient que dans les autres villages de la vallée, les familles de patriciens avaient éclaté et que les mandats de maire passaient des mains du médecin à celles de l'instituteur. Ils savaient encore, pour avoir entendu les confidences des audacieux qui vivaient dans les grandes villes, que le monde moderne était un chaos, Paris un enfer et l'Amérique des feuilletons, un rêve. Aussi, s'accrochaient-ils au visage rassurant de leurs maires qui glissait doucement le long d'une dynastie, à l'image d'un enfant sur le tas de marrons.

Malgré son petit effectif, l'école du village tint longtemps, moins grâce à moi que grâce au maire. L'administration fermait parfois les écoles quand elle découvrait le nombre d'élèves, la pénurie des naissances, elle les fermait surtout dès qu'un maire donnait des signes de lassitude. Le pays mourait et il n'était rien de plus doux que d'être un notable dans l'automne sucré. Pour que l'école tînt longtemps, le maire était prêt à s'entendre avec les hippies de sa commune, à enlever une famille de Marocains dans le quartier des Marbrières à Saint-Pons, et à réquisitionner pour eux une maison à l'abandon. Quand le père de Gaétan, que les Molinier avaient délégué auprès de lui, pour réclamer sur mon enseignement des explications que je pouvais donner mieux que quiconque, quand deux ou trois parents, qui avaient raillé un an plus tôt les déclarations du père de Marielle, demandèrent audience à leur tour afin de révéler que leurs enfants se promenaient beaucoup et apprenaient fort peu, le maire resta sourd. La motivation des maires et le nombre des élèves ne suffisaient pas à faire durer une école, il fallait encore que les maîtres d'école ne fussent pas mis en fuite par l'hostilité des gens du pays. Car les candidats aux écoles des vallées perdues étaient de plus en plus rares. Les derniers arrivés, comme moi, avaient été nommés d'office et beaucoup songeaient à s'en aller. Ils restaient un an ou deux et passaient leurs week-ends dans les villes. Aussi, le maire avait-il soin de faire taire les parents mécontents en les attrapant doucement par le bras, en les entraînant dans un abri, en évoquant pour eux la détresse des gens de Candoubre qui n'avaient pas vu leur instituteur depuis des mois. Envolé, disparu, murmurait-il. Les parents qui s'étaient attendus à mon départ à la fin de la première année crurent que de mystérieuses chimères me tenaient ici, et pour longtemps. Certains affectèrent l'indifférence à mon égard, soucieux de ne pas mêler les brouilles et les rancœurs à la rédaction des bulletins de notes. Les autres, qui ne voulaient pas admettre que j'étais un doux rêveur blotti dans le carton-pâte de sa vie à venir, prétendaient que je fomentais une quelconque traîtrise et que j'étais prêt à oublier mes élèves sur une lande déserte, à les précipiter dans une cascade… Un seul instituteur avait existé ici : l'immense M. Cros, qui avait tenu sa classe pendant trente ans avant d'enlever la plus belle direction d'école à ses collègues de Béziers et qui, revenu au village pour la retraite, avait fabriqué avec son corps immobilisé par les rhumatismes et rongé par les furoncles, la statue sur la pierre de laquelle ses anciens élèves n'osèrent pas poser leurs doigts. Les nombreux maîtres d'école qui s'étaient succédé ensuite étaient des ombres et, soucieux d'en finir avec les revendications, les amertumes et les angoisses, le maire ajouta que j'étais le dernier et qu'il avait fait le pari de me garder longtemps.

Le maire obtint des subventions, se rendit à la sous-préfecture, rencontra le conseiller général, le député et devint un authentique notable. Il avait une épouse, un enfant, une maison, des caisses et des sacs imprimés à ses nom et prénom… Pendant quelques années, il gagna assez d'argent pour emmener sa famille sur la Costa Brava, pour changer de voiture tous les ans, pour offrir à sa femme des séances de soins au salon d'esthétique de Saint-Pons, pour vivre comme ceux des villes, avec des envies et des regrets. A la fin de son premier mandat, il bougea de moins en moins et ses voyages ne duraient pas. Il partait avec son camion pour Figueras ou Gérone avant l'aube et rentrait à midi. Il faisait le voyage de l'Allier dans la journée. Il ne voulait plus passer les nuits hors de chez lui. Il dormait très peu. Il était devenu nerveux. Il imaginait une coalition de mécontents présentant une liste aux prochaines élections. Il pensait aux hippies, à Clovis, le gendarme, qui allait prendre la retraite et venait ici tous les week-ends… La chasse fut bientôt son seul loisir. Il choisit chez son armurier le plus cher des hammerless et, afin de marquer dignement son entrée dans la Diane, partit pour une ferme de l'Aveyron où il avait retenu un chien sans pedigree. Quelques curieux attendirent son retour en parlant des chiens de race qui avaient fait la première battue de la saison sans débusquer la moindre bête et en donnant raison au maire qui consacrait dix mille francs à un corniaud. Le maire arriva, épuisé. L'Aveyron était moins un département qu'un continent : quarante kilomètres suffisaient pour y entrer, par le sud, avant d'en sortir, par le nord, après deux cents kilomètres dans un paysage successivement torride et froid, jalonné de bois, de dolines et de pâturages. A entendre le maire qui venait de descendre de voiture, légèrement chancelant, l'Aveyron était le pays des chiens. Des chiens droits comme des sentinelles et postés à l'entrée des chemins, des chiens séniles couchés sur le flanc, des chiens silencieux, des chiens aux oreilles trouées, déchiquetées, rendus sourds par le hurlement des congénères...

Et, dans la meute des chiens brisés par les battues : les bêtes d'exception, tenues au secret dans l'obscurité d'une cave. Le chien se tenait sur un parterre de paille, à l'arrière de la fourgonnette, curieusement baraqué comme un dromadaire. Le maire le tira doucement par la corde qui pendait à son collier et le porta ensuite jusqu'au trottoir. Le chien fit quelques pas aux côtés de son maître sur le trottoir. L'arc presque parfait de sa longue queue passait sous le ventre et atteignait la cage thoracique. La bête était fébrile, apeurée. Les chasseurs qui se tenaient en retrait avaient détaché un mégot de leurs lèvres et recommençaient à bavarder. Les plus audacieux s'approchèrent de l'animal et voulurent le toucher, le pincer, le soulever, lui ouvrir la gueule, s'assurer que ce corniaud n'avait pas volé les dix mille francs. Le chien cessa de trembler pour uriner longuement sur le trottoir, puis il suivit le maire dans la ruelle qui menait à une remise. Là, dans l'obscurité, il sentit la terre froide se répandre sous son flanc et il hurla comme un loup. Il hurla si longtemps que les badauds s'attroupèrent au sommet de la ruelle et ne bougèrent pas, comme des promeneurs attirés sur le bord d'une falaise par le bruit d'une tempête. Le premier coup porté au maire ne vint ni des hippies, ni de l'ancien gendarme mais de Mme Fraisse. Celle-ci avait quitté le village pour Marseille trente ans plus tôt avec un mari aussi pauvre qu'elle. Tous deux entrèrent dans l'administration où, pendant trente ans, ils s'employèrent à prendre des galons, des galons ridicules, qui n'étaient rien. A l'époque des vacances, comme des dizaines de couples de la vallée, les Fraisse rejoignaient la maison de leur enfance où un ancêtre vissé à son lit par les rhumatismes, la maladie, refusait de mourir. Le mari faisait un peu de maçonnerie et la femme qui ne quittait plus son tablier de tergal imprimé étendait son linge contre le mur de la maison. Le couple avait amassé un peu d'argent et beaucoup d'aigreur et, si le mari aimait Marseille et s'y plaisait, la femme voulait rentrer définitivement au pays après la retraite. Les villes sont faites pour l'indifférence, pas pour la haine. Et Mme Fraisse ne voulait pas vieillir à Marseille, dans un appartement minuscule où pas un seul membre de sa famille n'était entré un jour.

Elle ne voulait pas finir avec un Loulou de Poméranie tenu au bout d'une laisse dans des rues peuplées de badauds inconnus. Elle voulait hanter la maison des siens avant sa mort, traverser l'unique rue du village pour aller prendre le pain, pour saluer quelqu'un à sa fenêtre, pour courir après un mouchoir envolé. Elle voulait surtout que son mari, à défaut d'être quelqu'un, fût un nom inscrit quelque part. Aussi, Mme Fraisse, à l'occasion de ses nombreux séjours au village, fit-elle la cour au maire dans l'espoir de voir celui-ci prendre son mari sur sa liste pour les prochaines élections. Mais le maire ne calculait pas ainsi. Ses dix conseillers municipaux venaient tous de hameaux lointains où ils vivaient en célibataires, sans famille et sans voisins. Ils étaient souriants, dociles. Le vent, le hurlement des chiens et les détonations des fusils les tenaient à l'écart du monde depuis toujours. Quand l'un d'entre eux quittait le conseil parce qu'il était trop vieux, parce qu'il était tout à fait sourd et muet, un autre vieillard entrait à son tour, qui n'avait d'autre douceur dans l'existence qu'un peu de tabac gris et un poste de télé et qui faisait sans grogner dix kilomètres dans les brumes d'hiver pour rejoindre son hameau après les séances du conseil municipal. Mais le maire, échaudé par l'épisode de M. Vié, le cantonnier, eût préféré confier son village au diable plutôt que de faire entrer dans son conseil un de ces bacheliers empâtés par une vie de bureau et régnant sur dix gratte-papier presque morts. Mme Fraisse eut le tort d'insister. Elle attendit le maire devant son hangar, quand il remplissait son camion avec des caisses de cerises ou de marrons, devant le Bar des Amis, quand il offrait à boire à tous les anciens combattants du canton. Il écoutait très peu, il était pressé, occupé à autre chose. Ce que Mme Fraisse ne put dire au maire, elle le dit aux autres, à tous les curieux qui sortaient par hasard dans la rue. Mais la rancœur se mêla à ses revendications et elle parla tant que ses confidences firent une rumeur ronde et épaisse, fluide comme une huile… Edmond Fraisse allait dégommer le maire et son clan de centenaires paralytiques, il avait sa liste, affirmait-elle, des hommes jeunes, des artisans… Edmond n'avait rien du tout. Il surveillait les promos à l'entrée des supermarchés et changeait lui-même les quatre pneus de sa voiture, devant chez lui. Il garait la voiture en porte-à-faux sur le trottoir et la soulevait avec le cric le plus haut possible. Il en profitait pour remplacer le silencieux du pot d'échappement, changer un amortisseur. Ses pieds dépassaient sur le trottoir. Il portait des espadrilles sur des chaussettes en laine.

Edmond Fraisse n'avait jamais eu l'intention de monter une liste pour prendre la mairie, mais il n'avait pas découragé sa femme dans ses projets insensés. Celle-ci ne désarmait pas. Quand elle comprit que le maire allait gagner les prochaines élections et toutes les élections jusqu'à la fin du siècle et au-delà, elle se souvint que la mère de son mari était originaire du village voisin de Candoubre. Le maire de Candoubre était plus âgé que le vétéran de nos conseillers municipaux mais il voulait faire un dernier mandat avant de se retirer, avant de mourir. Six ans pendant lesquels Mme Fraisse restaura la petite maison toute en hauteur où sa belle-mère était née et devant laquelle son mari courait autrefois. Ce n'était pas une maison de village qui sentait la lessive et le poireau bouilli mais un domicile indispensable à l'enregistrement d'une candidature, le camp de base à partir duquel elle partit à l'assaut des vieillards reclus qui se rappelaient son mari, nourrisson aimable aux oreilles immenses… Notre maire apprit avec soulagement que son adversaire l'avait lâché pour une autre proie. Sa liste était close et les patriarches secs et taciturnes qui la constituaient cloîtrés sur les hauteurs pour l'hiver. Le maire redevint chasseur et entreprit de dresser le chien sublime qu'il avait payé dix mille francs. La première battue fut un désastre car les coups de fusil faisaient fuir le chien. Pendant des semaines, le maire tira des salves par centaines dans l'eau de la rivière, à quelques mètres de la remise où se terrait la bête. Celle-ci s'habitua aux salves mais la détonation isolée qui retentissait à ses oreilles dans une combe, au milieu d'un dimanche froid, la paralysait. Le chien resta dans sa remise. Le maire se coula dans la meute raisonnable des saint-hubert aux oreilles trouées qui glissait hors de la malle des fourgonnettes comme un torrent et vécut un hiver dans les collines. Le maire n'aimait pas seulement la chasse, il avait conservé le goût pour les bivouacs, les repas entre hommes. Les pompiers, les sapeurs-forestiers faisaient en semaine de grands feux avec des souches de vigne entre le mur de la gare désaffectée et celui du garage où Gaby défonçait la tôle des camions. On faisait griller sur la cendre de la viande de sanglier ou encore des lapins que Gaby arrachait aux pièges posés par Gaétan le long de la voie ferrée. Quelques curieux arrivaient à la fin du repas. On les invitait pour le dessert, pour les vins mousseux, pour assister à la petite acrobatie que le maire donnait à chaque fois avec sa chaise. Un seul saut et sans élan, au-dessus de la chaise avec son dossier. Parfois, la draisine qui passait dans les fougères ralentissait à hauteur du maire. C'était le seul train qui passait ici et le chauffeur, hilare, repartait en tapant avec le poing sur le flanc de sa machine.

Le maire avait oublié les Fraisse qui dormaient dans les décombres de leur maison de Candoubre. Mais le couple n'avait pas encore demandé sa radiation de la liste électorale. Le maire avait oublié aussi le règlement qui autorisait les électeurs des petites communes à rayer le nom d'un candidat et à le remplacer par un nom pris dans une autre liste ou, à défaut, par le nom d'un électeur de la commune. Et il ne mit pas de crayons à la disposition de ses administrés comme le prescrivait une clause de ce même règlement… Le jour des élections, le maire se tenait derrière les assesseurs, entouré de ses adjoints. Il était midi, l'heure des gens des hameaux. Les hameaux, disait le maire, étaient le fief éclaté où se trouvaient ses vraies racines. Et il semblait heureux de recevoir ses amis des hameaux comme si ces derniers avaient fait un long voyage pour lui donner leur confiance. Les femmes votaient d'abord. Elles sortaient de l'isoloir, rapides et furtives comme une récitation s'échappant de la bouche d'un élève. Les hommes venaient après mais ils n'entraient pas dans l'isoloir. Un mégot pendu à la lèvre, les doigts crispés sur leur bulletin de vote, ils expliquaient qu'ils n'avaient pas besoin d'une cage pour y enfermer des opinions que tout le monde connaissait. Ils étaient sept ou huit réticents, penchés au-dessus de la table où était l'urne, tout près du maire qui ne les regardait pas, tout près d'Anselme, le premier adjoint, immobile et droit dans le costume trop étroit de son mariage. Ils pliaient leur bulletin aux yeux de tous, comme ils faisaient à chaque élection. En quittant le bureau de vote, ils croisèrent Mme Fraisse qui entrait, cambrée, la poitrine dure et tendue dans le corsage et la tête haute. Son mari suivait d'un pas lent. Il ne salua personne et se dirigea sagement vers l'isoloir où il demeura de longues secondes, debout dans le secret du citoyen scrupuleux, pliant deux fois, quatre fois, vingt fois son bulletin avant de pousser une boule dure dans l'enveloppe. Pendant ce temps, devant l'urne que le maire tenait à pleines mains comme si un brusque séisme allait jeter à terre le bien le plus précieux du village, Mme Fraisse se répandait en reproches. Elle voulait voter, disait-elle en regardant les petits vieux des hameaux que ses cris avaient alertés et qui avaient fait demi-tour pour se poster à l'entrée. Et elle brandit une main crispée qui tenait des crayons innombrables et durs comme des pics. Le maire avança les bras au point de toucher le buste puissant de la femme et, au moment de dire quelque chose à son tour, il reçut la pluie violente et acérée des crayons sur ses doigts tendus.

6

Nous avions eu besoin de toute une année pour réapprendre le cours des saisons oublié enAfrique, pour vider les caisses, pour ranger les souvenirs de voyage et les photos, pour adopter un chien, pour faire un enfant. La petite fille naquit dans la maternité la plus proche mais elle vint ici aussitôt car le deuxième automne était splendide. Il n'y avait pas eu de bébé depuis longtemps dans le village, aussi les gens quittaient volontiers l'épicerie, le jardin ou le poste de télé. Ce n'était pas l'enfant qu'ils admiraient mais l'air du village qui lui avait donné ses belles couleurs, le soleil du village qui les faisait briller dans le ciel douillet de son landau, les nuits du village, silencieuses et profondes qui, chaque matin, rendaient au jour un nourrisson paisible et souriant. Tous se penchaient et remplissaient le landau de leur haleine aux relents de café, de leurs doigts tortueux et boudinés aux crevasses desquels le bébé accrochait ses petits doigts. Celui-ci faisait ses premiers sourires. Il était heureux d'être là puisqu'il n'avait jamais été ailleurs et nous, il nous importait peu que la troupe des villageois partît avec lui sur les hauteurs balayées par le vent, si ça leur faisait plaisir. L'automne fut si beau et l'air, le soleil, les nuits, l'eau des rivières, les senteurs de sous-bois ou encore l'éclat des vers luisants furent si doux pour le nourrisson que celui-ci, nous affirma-t-on, devint un bébé magnifique. Nous nous demandions pourquoi, fort de la tutelle des éléments bienveillants, le village fabriquait autant de vieillards et aussi peu d'enfants… Mais nous ne disions rien… Cette enfant était moins notre sang que notre silence et nous répondions par des sourires aux compliments que les gens du village nous faisaient en regardant le ciel.

Ma femme, qui avait retrouvé son travail à l'hôpital, était devenue une ressortissante du village furtive et distante. Tous les jours, elle franchissait les limites de la commune, du canton et du département et rentrait à la nuit tombante, un peu étourdie par l'air froid qu'elle faisait entrer dans la voiture à hauteur du goulet des Saucles. Elle avait assez de congés pour devenir une mère affairée et exemplaire et abordait le barrage des badauds en riant, en enfonçant la poussette dans les pattes du chien. Par bonheur, elle se montra assez avant le début de notre deuxième hiver pour éviter les remontrances des femmes. Ici, les épouses et les mères de famille ne quittaient le bocal en formica de leur cuisine que pour créer un bureau de tabac à l'autre bout de leur maison ou tresser des paniers devant leur porte, à la vue de tous. Les habitants du village, qui franchissaient aussi les limites de la commune, du canton et du département pour se rendre au chevet des leurs, croisèrent ma femme dans les couloirs de l'hôpital. Ils la saluèrent maladroitement parce que sa blouse blanche relevait à leurs yeux de l'uniforme et parce que la blouse filait dans le couloir. D'autres rencontres, quelques mots échangés et les petits passe-droits que la complicité inventa bientôt furent nécessaires pour que l'infirmière et l'épouse de l'instituteur devinssent à leurs yeux la même personne, une femme comme il y en avait partout en France et dans le reste du monde, avec un mari, une famille, une tenue de travail accrochée dans un vestiaire et un sourire rapide posé sur le rétroviseur juste avant le départ de la voiture.

L'hiver arrivait brusquement après le 11 novembre. Les nuages atlantiques, contenus à deux mille pieds d'altitude, exprimaient parfois un peu de neige qui collait aux vignes avant de glisser dans l'eau presque noire de la rivière. Ils donnaient ensuite un long mois de pluie. L'eau entrait dans l'école par les fenêtres, par le tuyau du poêle et passait entre le plancher et le linoléum. Je ne pensai plus à prendre la fuite car les talus étaient devenus impraticables et les crêtes lointaines invisibles sous le ciel bas. Les enfants laissaient leurs bottes dans le couloir et arrivaient à leur pupitre en chancelant un peu à cause de leurs pieds mal sanglés dans d'épaisses chaussettes. L'air sentait le mazout et la laine mouillée. Le vent sifflait dans le bord des fenêtres. Dehors, l'autocar qui avait remplacé la ligne de chemin de fer de Bédarieux à Castres traversait le village sans s'arrêter. Il voyageait à vide et les rues étaient désertes. L'affiche de Paul Selmer et son grand orchestre restait sur le mur du lavoir, tout l'hiver, telle une enluminure offerte aux vents et aux flaques rompues par les roues de camions. Les chiens mouillés filaient au milieu de la chaussée, en fuyant comme des crabes. Les femmes, qui sortaient pour le pain, le journal et pour rien d'autre, ramenaient un pan de leur blouse sur leur corsage, en tirant bien fort sur les coutures. Elles s'enfermaient ensuite dans leur cuisine pour trier les noix, les châtaignes et les cèpes coupés en lamelles. Mais l'hiver commençait vraiment avec les bourrasques, quand Pierre Sénégas, l'ancien menuisier, reprenait sur son accordéon le répertoire du dernier été. Sa maison était vide. Les deuils l'avaient épuisée, tuée. Lui seul était en vie ou, plus précisément, reprenait vie avec ses doigts collés au clavier, des doigts d'aveugle ou presque, ses yeux voyaient toujours, mais ils ne regardaient plus rien. Et sa musique ne rugissait pas comme une bête cernée, comme un arbre trop vieux ouvert par la foudre, elle sortait dans un souffle, le souffle de l'accordéon, peut-être, le souffle de l'homme sûrement. C'était une musique ancienne, prise dans une autre vie, celle de l'enfant qu'il fut, portant l'accordéon sur l'estrade du père et le faisant sonner doucement sans toucher au clavier, en l'étirant juste contre le dossier de la chaise. Pour entendre cette musique qui venait après deux vies, celle du père et la sienne, et la mort récente et accidentelle d'un fils, il suffisait de se mettre au volet quand le dernier camion était passé. C'étaient le silence et, au-dessus du silence, les bruits familiers de la nuit naissante qui emprisonnaient le vieil homme dans sa cuisine. Il était seul et reclus, recouvert par les ustensiles et les souvenirs. Sa musique ouvrait l'air comme un drap. Comme un drap elle gonflait et elle restait tendue toute la nuit, étouffée par les murs et les volets, remplissant la maison presque vide d'un curieux bruissement de feuillage.

L'hiver était ailleurs : dans la rue et au-delà, dressé sur le plateau et couché dans les vents. Il s'effondrait comme un arbre sur les chiens essoufflés après la traque, sur les sangliers rescapés. Il installait le ronflement des tronçonneuses dans le silence des après-midi, un vacarme sourd et lointain comme si la chaîne de l'engin, après avoir déchiré le bois, s'enfonçait doucement dans la terre. Le dimanche, les chasseurs étaient à leur poste, debout dans l'ombre du matin, formant une ronde d'une douzaine. Ils étaient si loin les uns des autres et si bien cachés que seule une détonation pouvait révéler leur présence au milieu des buissons. Certains d'entre eux s'assoupissaient, laissant au creux des bruyères un goulet percé dans lequel les sangliers s'accumulaient comme les eaux d'une crue. Les sangliers connaissaient la montagne mieux que les hommes et les fusils les touchaient de moins en moins parce que les chasseurs étaient volumineux et gauches, parce que les maladroits ne subissaient plus depuis longtemps la rancune des autres, les insultes et les menaces d'exclusion.

La terre des collines était encore tiède, sans aucun doute, mais celle des potagers était morte et nombreux étaient les vieillards qui portaient son deuil.

Armés d'un râteau, ils repoussaient les légumes flétris et mous comme des vêtements mouillés. L'été, ils grimpaient sur des échelles fragiles et demeuraient sur la cime des cerisiers pendant des journées, prisonniers de leur vertige, guettant un fils qui s'échappait à peine de sa banlieue et roulait vers leur détresse, emmitouflé dans sa semaine de lassitude et de lâchetés. Ils montaient aussi sur les toits ou creusaient un trou au fond du jardin, sciaient les branches des arbres et les arbres eux-mêmes, empilaient des bûches dans leur cave pour les hivers à venir, pour les hivers des autres. Et les autres : les enfants, adultes depuis longtemps et assaillis par les premiers maux de l'âge mûr, arrivant juste à temps de leur banlieue pour se jeter entre l'arbre et le père, s'emparaient de la hache, la jetaient dans les fanes de pommes de terre et rapatriaient le vieillard dans sa maison. Quand celui-ci était sanglé sur son lit comme un dément, quand il y avait assez de voisines compatissantes pour éponger la sueur de son front et inonder son ventre de tisane, les enfants repartaient pour Marseille ou Toulouse. Ils revenaient tous les week-ends malgré le mauvais temps, malgré les rhumatismes et les migraines. Ils blâmaient la mort qui attendait l'été, le médecin pour ses ordonnances, l'infirmière pour ses piqûres, la rue pour le bruit des camions. Ce n'était pas la mort à venir qui était monstrueuse à leurs yeux, c'était la vie de leurs parents, une vie déjà défunte, enfouie sous les lettres de soldats et les photographies. Ils arrêtaient leurs lectures aux calendriers, aux almanachs et leur parole, vaincue par le sifflement des téléviseurs, était incapable de révéler les secrets, les drames. Mais les agonies anciennes qui dressaient les squelettes vociférant au-dessus des lits étaient oubliées et les nuits de veille avec les bigotes dévorées de prières et d'incantations avaient disparu. La vie et la mort étaient liées au silence et la vallée mourait tout à fait. Les enfants établis dans les villes avaient une concession dans les cimetières et les plus arrogants d'entre eux avaient renié le marbre et les cyprès et formaient le mâchefer à venir des incinérations. Ils venaient ici à regret et ne saluaient personne.

Les gens du village qui ne s'étaient pas complètement endormis devant leur téléviseur quittaient leur maison le samedi soir, pour le loto du Bar des Amis, chez Achille. Les femmes s'installaient dans une salle que l'on ouvrait pour elles et passaient la soirée sans quitter leur manteau, sans même le dégrafer et sans voir leur mari, établi dans le camp des hommes, où l'on buvait. Elles poussaient méticuleusement les grains de maïs bruns et racornis sur leur carton, levaient la tête pour regarder le visage des autres et revenaient à leur jeu. Les lots se dressaient dans les rangs : des oies vivantes aux pattes entravées, des canards aux yeux bien ouverts, toute une animalerie paisible comme l'était l'assistance des femmes. Deux hommes debout derrière une table hurlaient à tour de rôle le nombre inscrit sur les pions de leur jeu. Le dernier de ces nombres, en complétant le carton du joueur gagnant, rompait brusquement un silence que les canards et les oies avaient rempli du frottement doux de leurs ailes. Avec ce dernier nombre s'achevait le feuilleton à épisode unique que les maîtres de cérémonie répétaient tous les samedis, un chapelet de bons mots et de calembours dont le public était instruit depuis des lustres et qui faisait rire. On entendait la voix tranquille des femmes qui gagnaient puis, comme un écho, le braillement des hommes qui avaient perdu. La soirée durait près de trois heures. L'air commençait à manquer, laissant place à un éther à peine respirable que surmontait, accumulée en nuages d'altitude, la fumée des cigarettes. Les femmes se mettaient à tousser. Les oies ficelées, qui s'étaient contorsionnées pour accéder à la lumière, pour s'échapper peut-être, s'étaient évanouies l'une après l'autre et leur long cou faisait une marque blanche sur le sol. Parfois, un retardataire ouvrait la porte sur la nuit de la rue et oubliait de la repousser. Les odeurs lointaines de la forêt, les seules qui atteignaient le village quand l'hiver s'entortillait dans le tissu des brumes, entraient dans le bar et se mêlaient aux relents des cabans humides. Achille quittait son comptoir, traversait la salle en tournant sur lui-même afin d'éviter les angles de table et faisait les derniers mètres en roulant lourdement comme une toupie enlisée. Après avoir repoussé la porte, il restait un long moment le front appuyé sur la vitre, les yeux fixés sur la brume. Peu importait au cafetier que l'air de son bistrot fût irrespirable, que les hommes fussent bruyants et les femmes raides comme des statues, puisque l'hiver était bouté au large, rendu à la résine glacée des pins sylvestres.

Les arbres… Les arbres comptaient ici plus que la terre et les châtaigniers plus encore que les autres arbres. Ils avaient sauvé la vallée de la disette avant que les cerisiers ne la fissent vivre et, si de minuscules tracteurs à chenilles plus étroits que le cul des paysans passaient toujours au milieu de vignes perchées, les châtaigniers qui mouraient au-dessus des cerisiers et des vignes, tués par les chancres, donnaient des marrons plus précieux que des truffes. Après les printemps et les étés sur la cime des cerisiers, les femmes retrouvaient des sacs vides, taillés dans la plus rêche des jutes, empilés comme des livres au fond d'une grange et partaient pour les sous-bois. Les arbres étaient trop malades et les pionniers trop peu nombreux pour que ce territoire renaquît, mais les femmes, armées de bâtons au bout enflé et dur, frappaient avec tant d'adresse sur les bogues que les marrons jaillissaient ronds et brillants comme des galets. On retrouvait des poêles à trous dans les celliers, on prenait dans les vignes des sarments et des souches abandonnées avec l'idée de faire la fête. Les pompiers vidaient le garage de ses camions, répandaient de la sciure sur les flaques de graisse et faisaient avec quatre planches une petite estrade pour l'accordéoniste. Enfin, le cafetier offrait quelques caisses de vin et de bière et allait frapper au volet de l'ancien menuisier pour convaincre celui-ci de trôner sur sa petite estrade et de faire danser la foule. Après une semaine de rangements et de préparations, les femmes qui avaient cueilli les marrons, et juré comme des hommes quand les bogues, franchissant le cuir usé des gants, blessaient le creux de leurs mains, les femmes arrivaient ensemble. Hissées sur des escarpins qui blessaient leurs pieds, elles avançaient à grand peine, mais elles riaient comme elles riaient autrefois, avant l'avènement des maris et des corvées. Elles engageaient au milieu des danseurs l'odeur épaisse de leurs parfums, de leurs peaux et de leurs haleines, ôtaient leurs chaussures, les tenaient serrées dans une main et s'arrimaient à un cavalier large comme une planète, avant de tourner sans voir les autres.

Les femmes plus âgées étaient à l'entrée et chassaient avec une poêle trouée les enfants qui surgissaient dans le halo rouge des camions de pompiers. Elles reposaient ensuite la poêle sur les braises et plongeaient les mains dans les sacs de marrons. Le maire entrait et entraient avec lui les notables des communes voisines, les médecins, les instituteurs, les gendarmes, enfin, qui étaient venus en uniforme et abandonnaient leur képi sur une étagère au milieu des casques de pompier. L'accordéoniste avait reçu le renfort d'un batteur qui frottait une caisse claire avec des balais métalliques. Tous deux faisaient ronfler sur l'estrade un petit moteur dépareillé qui suffisait à animer les danseurs avec les morceaux de l'été dernier ou avec des refrains vieux de cinquante ans. La soirée passait sans une dispute, sans un éclat de voix. Les femmes avaient quitté un cavalier épuisé pour leur mari, les autres dansaient entre elles au milieu des enfants. A peine déchirés par les mâchoires, les marrons brûlants reposaient dans les ventres, lourds comme des pierres. Les coups de vin avaient glissé dessus sans rien emporter. Le seul qui avait bu et qui n'avait pas mangé, qui était ivre et souriait à la façon d'un enfant, était Albert. Ce petit homme maigre était l'ombre de sa sœur ou, plus exactement, il était dans l'ombre de sa sœur, car celle-ci était une matrone volumineuse et douce et lui un vieillard prématuré et spectral, silencieux et ensommeillé. Tous deux vivaient dans leur maison natale et si la sœur s'était mariée, si elle avait eu des enfants, acheté autrefois un restaurant-guinguette sur le bord d'une route, soigné une vieille femme dont elle avait hérité et recueilli l'enfant de sa fille aînée, lui ne faisait rien. Il sortait peu, deux fois par an, mis à la rue par un coup de balai de sa sœur, par le Crésyl répandu sur le linoléum de la cuisine. Quand la sœur accepta de garder ma fille en nourrice sèche, je vins avec l'enfant dans les bras pour le déposer dans le berceau, je découvris celui-ci dans une pièce étroite et sans air, un placard, probablement, où seul le frère gringalet pouvait se mouvoir. Le vieux garçon tournait autour du berceau, heureux d'y voir un petit animal endormi. Je craignis que, longtemps tenu à l'écart des ripailles, Albert attendît d'être seul avec le bébé pour le croquer comme l'eût fait un ogre et c'est avec l'image d'un monstre dérisoire ouvrant subitement de formidables mâchoires que je quittai la maison, épouvanté et lâche. Le bébé survécut à l'éclat de la petite ampoule qui éclaira son sommeil, aux relents de cuisine et au chaperonnage de son geôlier. Celui-ci, qui mangeait en réalité fort peu, et rarement des enfants, buvait plus volontiers mais, subissant constamment la tutelle de sa sœur, qui lui concédait un seul verre de vin à chaque repas et avait chapitré épicier et cafetier, s'enivrait dans les grandes occasions. Par bonheur, son ivresse était sans violence et sans bruit. Elle ajoutait un sourire sur son visage et de la gaucherie à son pas. Albert atteignait en fin de soirée l'estrade sur laquelle l'accordéoniste et le batteur dévidaient les derniers morceaux d'un répertoire fatigué comme une vieille machine. Les premiers convives poussaient un portail lourd et s'échappaient dans la brume et dans l'odeur de résine glacée. Les seuls danseurs encore présents sur la piste avaient beaucoup de fatigue et de vin dans le corps et bougeaient à peine. Dans son costume d'apparat gris et taché par endroits comme le pavé des rues, Albert était sur l'estrade, face au micro et chantait. Les deux musiciens avaient détourné les dernières notes de leur répertoire pour entourer la voix fragile de leur camarade. Celui-ci n'avait guère de force dans le corps. Ses bras et ses paupières étaient baissés. Il y avait, nichée dans un souffle moribond, une rengaine mystérieuse et ancienne, dont les mots étaient inaudibles et la mélodie, mutilée. Cette musique appartenait à l'histoire d'Albert. Les gens qui s'apprêtaient à partir regardaient l'estrade en s'enfermant dans des canadiennes lourdes comme le ciel. Ils ne savaient pas s'il y avait beaucoup de bonheur ou beaucoup de détresse dans le chant du petit homme mais ils finissaient par admettre qu'il était fin bourré et complètement fou. En réalité, ils ne savaient rien.

Le petit homme était plus fragile qu'un fil et tenait debout par la seule grâce de sa voix pendue au-dessus de lui comme une corde.

7

J'avais déjà parcouru nombre de sentiers qui partaient de l'école et j'étais prêt à aller plus loin quand M. Rouanet, mon voisin, me proposa de l'accompagner à vélo sur les routes de sommets. Son vélo était silencieux comme un oiseau. Et ce fut ce silence, que je n'avais jamais connu à l'époque des vieilles bécanes rouillées que mes camarades et moi lancions dix ans plus tôt à la poursuite des nantis dotés de mobylettes, qui me poussa à partir. Bien sûr, le vélo que j'achetai en suivant les prescriptions de M. Rouanet n'était pas cet assemblage savant de braquets, de tubes ou de boyaux commandés directement en Italie, un ouvrage d'orfèvre sur lequel le vieil homme s'attardait de longues heures. Mais les clés et les burettes vinrent à bout de tous les grincements, et si je roulais lentement, je roulais en silence. Loin derrière mon nouveau compagnon. Celui-ci grimpait avec aisance sur son vélo et il était si léger sur la selle qu'il pouvait rester de longues secondes en équilibre sur le gravier, agissant par de petits gestes doux sur le guidon… Et il s'en allait ensuite sans reposer un pied sur le sol, agile comme un animal qui retrouve son élément. Sans une grimace, sans un soupir. Sans le moindre bruit.

Je ne sais pas si je devins l'ami du vieil homme mais je devins son confident. M. Rouanet avançait sûrement et les montées les plus raides lui donnaient des ailes. Il m'attendait à l'arrivée des cols ou à la terrasse de bistrots dans les villages de vallée et, curieusement assis sur le cadre de son vélo ou encore sur le bord inconfortable d'une chaise, il commençait à parler, à se raconter. M. Rouanet, évoquant les hivers de son enfance, précisait qu'il était sorti de Lacaune et ce verbe "sortir", sans cesser de marquer l'origine, indiquait un élan, une force, comme si Lacaune, perché sur les ultimes hauteurs du Massif Central, avec ses congères épaisses et ses porcheries hissées sur les crêtes comme des miradors, était moins le lieu où sa vie avait pris source qu'une forteresse sur le rempart de laquelle il avait jeté une corde. Pour rejoindre la ferme lointaine où ses parents l'avaient placé, le jeune garçon eut à batailler avec une route si ardue en pédalant sur une bicyclette si vieille qu'il devint dans le même temps une graine de champion et un mécanicien de premier ordre. Il fit en été toutes les courses de la région sur un vélo auquel il consacrait son hiver de réclusion quand les routes étaient enfouies sous la neige. Les hivers sur ces promontoires étaient plus violents que des rapts. Sur les monts de Lacaune, il n'y avait pas le moindre alpage possible, pas la moindre course en montagne qui ne fût contrariée par une clôture, pas le moindre sentier qu'une vache n'eût piétiné, pas la moindre cime durcie par les séracs. C'était le monde utile et plein des hommes sans rêves, riche de ses deux saisons, l'hiver et l'été, comme dans toutes les montagnes du monde, avec simplement ici un peu plus de foin en été et un peu moins de silence en hiver car l'industrie des hommes ne s'arrêtait jamais tout à fait : il y avait toujours les camions de salaisons qui descendaient dans les plaines, avec des sangles en travers des pneus et plus tard des chaînes, et sur le toit desquels le vent du Nord balayait toute la neige. M. Rouanet rassembla ses outils, son canif et son vélo, quitta Lacaune, en pensant qu'il en "sortait" pour de bon, et roula jusqu'à Saint-Gervais-sur-Mare, à une trentaine de kilomètres en contrebas, où il se fixa, atteignant cette sangle de terres rousses et de genêts en surplomb où les automnes semblaient moins fragiles. Il devint braconnier et les truites qu'il prit étaient si grosses, les champignons si nombreux et le creux des herbes si tiède qu'il oublia les courses et la boutique qu'il avait achetée pour réparer les vélos des autres. En juin 1940, sa science des rivières et des joncs lui permit d'échapper sur la Somme à l'enrôlement pour les fermes du Brandebourg. Il demeura une nuit et un matin dans les marécages malgré les Allemands en patrouille. Ce furent peut-être les seuls Allemands qu'il vit car si, à son retour, il prit le maquis, les buissons les plus épais se mirent entre la guerre et lui. Le braconnier y leva des pièges vieux d'un an où des animaux à peine plus vieux finissaient dans une curieuse étoupe de poils gris. Il vécut de longs mois sans rentrer au village mais les vélos du canton remontaient cependant jusqu'à lui, reconnaissables au hurlement de leur chaîne mal graissée. Il se rompit une jambe en tombant dans un ravin et demeura trois jours dans le délire et la fièvre, appuyé contre le mur intact d'une bergerie en ruine, sans voir au loin la moindre ombre, fût-elle ennemie. Après la guerre, à bientôt trente-cinq ans, éclopé ou pas, M. Rouanet n'avait plus rien à faire dans un peloton. Ce fut pourtant à cette époque qu'il voulut reprendre les routes de ses débuts, comme un pèlerinage promis à la jambe défaite qu'il allait ressusciter. Et celle-ci, portée entre cale-pied et selle, sous l'effet de l'inusable tricotage que l'ancien coureur infligeait à son vélo trois cents jours par an, devint un membre nouveau, inapte à la marche, mais prodigieusement adapté à l'ascension des cols. Les copains découvraient la silhouette bien droite dans l'herbe du col, luttant contre le vent. Ceux qui avaient autrefois grimpé aux côtés de leur camarade sur les routes, ou mieux encore, sur les podiums, le virent disparaître au loin, mû par la force d'une mystérieuse catapulte. Ils comprirent que, si leur camarade arrivait au sommet, maintenu à la verticale grâce à la complicité des vents ou à la miséricorde des dieux, s'il arrivait avant eux avec sa jambe bancale et ses poumons déjà noircis par le tabac, c'était parce qu'une vie inconnue brûlait en lui.

Plus de trente ans après, M. Rouanet pédalait toujours. Et peut-être fut-ce en pédalant qu'il avait atteint cette vallée, découvert au-dessus de la rivière la parcelle de terrain sur laquelle il fit édifier une maison.

Je ne sais pas quand il vendit sa boutique de Saint-Gervais-sur-Mare, quand il rencontra la veuve de guerre qui devint sa femme, comment il lui parla la première fois et si c'était seulement la première fois qu'il parlait à une femme… Désormais, les routes, fussent-elles déformées par de redoutables dénivelés, avaient été aplanies par une vie de vélo, comme si le vieil homme avait imposé à la surface de la terre l'incessant frottement de sa machine et de lui-même. La jambe blessée, agile et arrogante dès qu'elle sentait l'appui de la pédale, était devenue si vigoureuse, qu'elle emportait presque seule le vieil homme jusqu'aux cols. Elle eût duré cent ans, cette jambe, à condition qu'il y eût cent ans de routes abruptes et de cols…

Mais, avant que les poumons ne partissent, lobe après lobe, sous les traits du même chirurgien, M. Rouanet, sans jamais renier son vélo, connut les douceurs de la vie de famille. Sa femme et lui, qui avaient vécu la même enfance et connu les mêmes paysages, firent construire entre la rivière et la route une maison d'un étage. La naissance d'une fille, au début des années soixante, retint la mère à l'étage, dans la contemplation de l'enfant qui grandissait au milieu des bibelots et des confitures et poussa le père dans le sous-sol où le couple avait empilé machines à laver, table à repasser, cuisinières, réfrigérateurs, malles remplies de vêtements, de couvertures et de conserves maison. Là, M. Rouanet donnait à longueur de journée des coups de marteau sur des barres de fer en respirant l'infatigable odeur de détergent issue du bouillonnement des lessives. La maison était devenue une machinerie démesurée qui ne connaissait jamais le repos et dont les cloisons fragiles tremblaient doucement. Le vieil homme soignait ses fleurs et ses légumes, gavait d'huile son vélo et sa 2 CV, descendait à la rivière avec sa canne à pêche en coupant par les ronces et les bourdières, ou partait braconner dans les collines. Il vivait au centre d'un monde familier régi par les saisons, traversé par les ruisseaux, le vent ou les nuages. Sa voiture et son vélo étaient bien réglés, sa maison calfeutrée, ses pièges soigneusement vissés à la terre, quelque part dans les sous-bois, sa femme le laissait libre et sa fille grandissait en faisant moins de bruit que lui.

Vingt ans passèrent ainsi. La fille quitta la maison pour se marier. M. Rouanet se rappela que sa femme était veuve de guerre et que, à ce titre, elle pouvait sans peine obtenir l'autorisation d'ouvrir un bureau de tabac. Le couple sacrifia la chambre de la fille et la boutique ouvrit alors que le mari et le gendre tiraient encore des fils électriques et perçaient le mur pour faire une vitrine. Mme Rouanet qui s'était opposée au projet, arguant qu'elle n'allait pas commencer à travailler à soixante ans, se posta à regret derrière son comptoir, persuadée que les intrus qui voulaient acheter des cigarettes entraient chez elle pour s'emparer de ses bijoux ou lui planter un couteau dans la poitrine. Peut-être avait-elle le souvenir d'un vagabond surpris dans la cuisine de la ferme où elle avait grandi, dans l'Aveyron, d'un rôdeur inoffensif que la vue d'un enfant suffisait à faire fuir et qui n'osait partir avec le pain qu'on lui tendait ? Peut-être aussi, souffrait-elle d'une angoisse chronique, comme on souffre de la migraine ou de l'asthme ? Et elle eut la conviction que les chauffeurs-livreurs qui ouvraient la porte de sa boutique faisaient ronfler le moteur de leur bahut pour arracher la caisse sans se faire remarquer, que les enfants de l'école avaient compté les quinze secondes nécessaires au trajet entre sa cuisine et sa boutique, pendant lesquelles ils pouvaient plonger la main dans la boîte des réglisses.

Parfois, j'allais en voisin dans la boutique après avoir abandonné mon vélo dans la forge du mari, et je dépensais l'argent que celui-ci refusait en paiement de petites réparations ou de savants réglages. Vint à Mme Rouanet la conviction que j'avais négligé une fois de régler un achat. Cet oubli eût été peu de chose si, par la suite, je n'avais affiché mon insouciance. Et cette insouciance accrut sa rancune contre moi, non seulement parce que je vivais dans le mépris de mes crimes passés et dans la préméditation des crimes à venir mais encore parce que, dans l'immensité de la volière universelle où attendaient des pigeons impatients de se faire plumer, j'avais arrêté mon choix sur elle, dans le dessein exclusif de lui faire du mal. Mme Rouanet portait le scrupuleux décompte de ses ventes sur un cahier qu'elle retournait comme une médaille et sur l'envers duquel un authentique enfer rassemblait le nom des indélicats tels que moi. Un après-midi, je la trouvai bien droite derrière son comptoir, rapportant sur sa poitrine les montants d'un curieux tablier sans manche. Son visage était fermé et ses mâchoires avaient englouti la chair de ses lèvres. Elle me rappela mon oubli. Il n'y avait pas d'oubli. Mes réponses la conduisirent au doute et les jours suivants à la certitude. Mme Rouanet m'accosta dans la rue, reconnut son erreur, présenta des excuses et ajouta des mots terribles sur la colère par laquelle son mari ne manquerait pas de commenter sa négligence, si par malheur je greffais sur le crime que je n'avais pas commis l'indélicatesse d'une délation.

Au début de mon troisième ou quatrième automne, alors que M. Rouanet ne quittait plus les profondeurs de son garage où le retenaient de savantes brasures, la fille de Mme Rouanet, qui n'avait pas trente ans et qui était enceinte depuis dix ans donna après autant de fausses couches un enfant mâle que l'on fit prince. Le visage de l'heureuse maman se couvrit de boutons qu'aucun traitement ne put effacer et que dissimula un fonds de teint si épais que celle-ci dut se résigner à ne plus rire, ni sourire. Bientôt, les muscles du corps prirent le pli des muscles du visage et la jeune femme devint plus raide que sa mère. Toutes deux promenèrent dans le village un bébé énorme, un bébé vieux de dix ans, qui voulait déjà se lever, s'échapper. Elles en avaient peur et pressaient le pas pour éviter les passants qui ne savaient pas si elles venaient de voler l'enfant ou si elles allaient le vendre. Mme Rouanet avait encore un fils qui portait le nom du premier mari et tenait sa passion pour le vélo du second. Le fils s'arrêtait pour saluer sa mère sur le chemin de ses excursions. Il était tout petit et son vélo ressemblait à un vélo d'enfant. Enfin, le frère de Mme Rouanet venait tous les deux ou trois ans présenter une fiancée avec laquelle il se brouillait quelques semaines plus tard. Le couple s'asseyait devant la table de la salle à manger et Mme Rouanet, qui ne pouvait se résoudre à fermer la boutique, se levait au son de la clochette et revenait presque aussitôt en disant d'une voix sonore : "Où en étions-nous ?", sans voir le visage tendu de la fiancée, l'œil noir du frère, sans entendre le murmure échappé de la dispute née pendant son absence. C'était ainsi tous les deux ou trois ans… La présence des fiancées et l'échec des mariages n'empêchaient pas le frère et la sœur de retrouver la piste qui menait au soleil de leur enfance. "Tu te souviens quand papa… ?" enchaînait-elle, avant d'évoquer les vallonnements saturés d'herbe, les nuages, les tomettes brisées sur le sol de la cuisine, les chiens ébouillantés. La clochette de la boutique sonnait deux fois plutôt qu'une, relayée par une toux inventée, par de timides appels. Les clients n'étaient plus des bandits de grand chemin mais des intrus qu'elle laissait partir sans payer. Mme Rouanet était alors sans animosité, sans peur, sans angoisse. La boutique avait disparu et, avec elle, le mari dans le grincement de ses meules et le frère lui-même, pour qui les souvenirs d'enfance n'étaient qu'une excentricité, une paralysie de la mémoire, un disque rayé.

Enfin, se dressait au-dessus de la famille, au-dessus de l'argent que l'on ne dépensait pas, le premier mari de Mme Rouanet. Le souvenir de celui-ci était plus loin que les souvenirs d'enfant, blotti dans la mémoire, lui aussi, rebelle, insistant, présent la nuit, portant atteinte aux sommeils les plus justes. Le premier mari fut tué dans une guerre dont on ne parlait plus, surpris par des partisans étendus dans une rizière, traîné dans la boue par le camarade qui l'avait vu mourir et qui fuyait les marécages. Des marécages que le camarade racontait toujours, trente ans plus tard. Le sauveur débarquait dans une voiture de marque Lada, un modèle copié par les Soviétiques sur les Fiat des années soixante et que seuls les nostalgiques du grand soir et les invalides de guerre achetaient encore. On ne sut jamais si l'ancien combattant voulait un huis clos pour ses visites à la veuve de son camarade ou si celle-ci faisait le vide autour d'elle afin de permettre au disparu de surgir sans entraves, au-dessus de la table de la salle à manger. M. Rouanet avait pour mission de fermer la boutique et de s'en aller. Il plaçait sa 2 CV au pied de la rampe dallée, moteur en marche et lui dedans, infime commandant après Dieu d'un vaisseau pris dans un léger roulis. Il quittait le garage, la petite cour et le potager dans un hurlement de moteur et ce hurlement de moteur, sans cesser de dire l'écho de sa disgrâce provisoire, couvrait d'avance, comme un fard sur une peau sans éclat, les deux heures d'ennui que le vieil homme allait passer au Bricorama de Bédarieux où il n'avait pas prévu de se rendre ce jour-là. Enfin, quand la clochette de la porte du magasin et les bruits de forge du garage étaient morts, quand la Lada du visiteur s'assoupissait à son tour après avoir répandu autour d'elle la lourde odeur de la route vaincue, ce n'était pas la maison de Mme Rouanet qui devenait silence mais le monde qui l'entourait. Et les gens du village, qui connaissaient la Lada depuis toujours, marchaient au large sans un regard pour les deux silhouettes défilant derrière les fenêtres, allant d'un bout de la maison à l'autre sans jamais ressembler à un couple réuni, illégitime ou pas, tournant en rond, finalement, comme ferait un petit chien dans son panier, avant de s'attabler sous le lustre de la salle à manger. Il venait tous les ans, à la même époque, sans doute le jour anniversaire de la mort du premier mari, parce que c'était son devoir, parce qu'on avait confié à des survivants tels que lui un secteur précis, le plus souvent un département ou deux et vingt ou trente veuves à consoler. C'était une immense comédie. Pour retrouver le premier mari de Mme Rouanet, il fallait tout d'abord arrêter le fils dans sa course sur son petit vélo et lui demander de livrer, comme un mot de passe, son nom de famille. C'était le premier indice, ce nom d'origine étrangère qui validait l'engagement du père dans la Légion. Le second indice était le visage du fils, anguleux et noir quand celui de la mère était carré, livide – le visage du père sans le moindre doute. Pour retrouver le premier mari… Le fils qui devait son extraordinaire vélo aux bricolages magnifiques du second mari et filait à toute vitesse en regrettant d'avoir pris le guidon trop vieux pour s'engager dans un peloton – pour s'engager… disait-il sans aucun sous-entendu –, le fils partirait-il un jour à la recherche de son père ? Non. Le souvenir du père était mort. Le fils trop maigre et la veuve repue faisaient leur vie loin des rizières. L'ancien combattant remontant dans sa Lada n'était plus qu'une ombre. Avait-il seulement le souvenir de son camarade effondré ? Les voisins, catégoriques, affirmaient que le visiteur anonyme n'avait jamais secouru le premier mari, qu'il n'était jamais allé dans les rizières. C'était impossible, trop loin. Le bout du monde.

Quand le gibier, les cèpes coupés en lamelles et les pièces d'un porc égorgé sur le perron d'une ferme amie formèrent d'opulents édifices dans les deux congélateurs, quand il y eut dans la resserre assez de sucre en morceaux et de bois de chauffage pour passer un hiver nucléaire, assez d'argent dans les comptes pour vivre encore trente ans, le couple eut l'idée des premières excursions et partit pour l'Andorre. L'Andorre était au-dessus des terres de cocagne un pays froid et neigeux, habité par des commerçants et des douaniers. On y construisait des supermarchés sur lesquels s'entassaient des immeubles. Dans les minuscules appartements aménagés au niveau des cimes, des skieurs trop grands pour les lits en cabine, éreintés par une journée de blizzard, engourdis par le froid et qui ne rentraient que pour se coucher, s'endormaient plus raides que leurs skis. Une absurde convention internationale autorisait la Principauté à vendre des cigarettes pourvu que l'on produisît quelque part sur le territoire un peu de tabac. S'il fut aisé de trouver quelques champs à l'abandon sur des escarpements, il fut plus difficile d'acclimater les plants, choisis pourtant parmi les plus résistants, et pratiquement impossible d'attirer des paysans à leur chevet. En fait, il n'y avait plus de paysans en Andorre depuis longtemps. Aussi, préleva-t-on dans des contrées exotiques quelques cultivateurs isolés, qui avaient assez courbé le dos au-dessus des rizières pour se pencher sur des plants de tabac à peine plus petits qu'eux. L'Andorre produisit alors son tabac, comme notre village produisait son vin, un tabac de décembre, racorni et fibreux que personne ne fuma jamais car la convention stipulait que si le tabac devait être cultivé, il n'était pas exigé que la récolte fût vendue et, une fois par an, celle-ci, jetée dans un incinérateur à l'écart des chemins, finissait en fumée. Mais, s'il y avait conjointement dans la Principauté du tabac et des cigarettes, s'il était improbable que celles-ci fussent un jour issues de celui-là, on trouvait à profusion du beurre dans un conditionnement cylindrique d'un kilo, sans jamais voir le moindre pâturage. Des vaches mystérieuses associées à des barattages clandestins donnaient une denrée que les Rouanet, qui n'avaient jamais cuisiné qu'à l'huile ou à la graisse d'oie, achetèrent par caisses et qu'ils emportèrent à la barbe des douaniers. Il y eut deux ou trois années pendant lesquelles tous les gens du pays allèrent au beurre comme ils allaient autrefois à Lourdes, les plus vieux affrétant des cars et réclamant au chauffeur des étapes de soixante kilomètres au maximum, à cause des virages, des casse-croûte, des prostates. Jamais Mme Rouanet ne voulut se mêler aux gens du village qu'elle voyait assez dans sa boutique ou dans la rue. Elle n'avait aucun goût pour les blagues des hommes qui pissent ensemble sur le bord de la route, pour les restaurants de routiers, pour l'Andorre et ses hauteurs dénudées qu'atteignaient les vents polaires. Pendant quelques années, toutefois, les Rouanet s'y rendirent dans leur 2 CV qu'ils remplirent de beurre, de bouteilles de pastis, de petit outillage et redescendirent dans l'obscurité naissante en longeant les centrales hydrauliques et les lignes de chemin de fer désaffectées. Beaucoup de route et beaucoup de pluie… Puis il y eut en Espagne l'affaire des huiles frelatées et, derrière le mot "frelaté" qu'elle n'avait jamais entendu, Mme Rouanet imagina une épidémie qui menaçait les frontières et avait déjà pénétré les supermarchés d'Andorre. Elle jeta le beurre qui rancissait dans les congélateurs du garage comme si le beurre et l'huile étaient les fruits d'une même tubercule rongée par la gale et dit à son mari qu'elle était lasse de tous ces virages et des bourrasques de neige au mois de mai. En réalité, elle ne voulait plus sortir.

Lui sortait encore. Il remontait la rivière et posait des pièges dans les sous-bois. Sa jambe blessée le gênait à peine. Il était resté très agile, il glissait dans les joncs ou dans les fossés, rapide comme un enfant, heureux d'échapper aux gardes. Sa femme commençait à l'accabler de reproches et d'invectives, à le prier de rentrer plus tôt ou de ne pas sortir du tout. Enfin, il se fit prendre. A deux reprises. Par un garde qui avait renoncé à courir derrière lui et l'attendait dans les fougères. Lui-même était engagé dans un petit torrent. Son bras dénudé jusqu'à l'épaule et plongé dans la fissure des pierres délogeait des truites qui n'avaient pas la maille. Le garde dressa une contravention dont le chiffre parut extravagant. Pour la payer, la femme ouvrit un chéquier vieux de cinq ans avec ces gestes lents que l'on a pour les livres fragiles et l'homme inscrivit le montant sur un chèque en écrivant lentement, comme un écolier. Il sortit toujours. La rivière, les sous-bois lui faisaient peur, aussi reprit-il son vélo. Pour la première fois depuis quarante ans, il accepta un compagnon à ses côtés. Sa femme ne le laissait partir sur la route qu'à cette condition. Curieusement, le vieil homme n'accepta jamais la compagnie de son beau-fils… Il examina longuement le vélo que j'avais acheté sur ses conseils et sur lequel, à défaut d'aller loin, je commençais à aller haut, très haut, accédant en titubant à des cols battus par des vents. M. Rouanet était tordu par l'arthrite. Ses poumons dont subsistaient seulement quelques lobes nécessaires à l'émission d'une petite toux rauque étaient inaptes à dispenser un peu d'oxygène dans son corps racorni. Sa jambe blessée le faisait hurler, mais il en souffrait depuis si longtemps que les hurlements étaient devenus un murmure dérisoire. Pendant cinq ans, il fut un point à peine mobile, planté à un kilomètre au-dessus de moi dans l'asphalte éblouissante et presque liquide. Il n'allait pas si vite pour que je fusse incapable de le rattraper, il était ailleurs, sur une route qu'il avait inventée et sur laquelle il roulait seul… Le vieil homme qui avait démonté mon vélo pour le remonter à sa guise, en suivant une procédure secrète qui devait, me disait-il, “me permettre de m’envoler”, m’abandonnait aussitôt qu’il me voyait lourdement installé sur la route. Jamais il ne m’attendit au détour d’un virage, à l’arrivée d’un col pour me livrer quelques rudiments pris dans sa science des braquets. Mais il y avait toujours au bout des dix kilomètres de descente qui suivaient, une terrasse de bar où il diluait un fond de pastis avec de l’eau fraîche. Il m’invitait à m’asseoir à sa table comme si ma promenade sur la même route que lui était un hasard et là, dans l’ombre douce des platanes, sans jamais interrompre le débit de la carafe renversée sur son verre, il parlait et reparlait des hivers de son enfance, à Lacaune, et des congères plus hautes qu’un homme. M. Rouanet roula cinq ans devant moi sans jamais se retourner. Il roula ensuite quand je quittai le village, il roula quand sa femme fut emportée par l’angoisse qui l’avait complètement rongée et il roule encore aujourd’hui. Moins loin, moins haut. Il détient un morceau de la route qui passe devant chez lui et, quand il s’arrêtera tout à fait, quand ses poumons ne donneront plus un souffle, quand sa jambe meurtrie sera morte, il ne tombera pas, il restera immobile dans l’air tiède.

8

Des marginaux hirsutes, riches de deux ou trois enfants, et de leurs chèvres, s'étaient établis sur les hauteurs, dans des maisons d'ancêtres qui n'étaient pas les leurs. Loin de Paris ou de Zurich. Loin de tout. Ils détenaient des titres de propriété pour deux murs encore droits et un bout de jardin couvert d'orties mais ils ignoraient qu'ils avaient néanmoins volé leur bien, car, aux yeux de tous, ici, aucune maison ne pouvait appartenir à des gens qui n'avaient jamais retourné la terre autour. Les hippies n'eurent pas à travailler pour survivre car leurs appétits étaient frêles et la nature, généreuse. Ceux qui rêvaient d'une vie de pionniers tissèrent un peu de laine, firent un enclos pour leurs chèvres. Ou improvisèrent une salle de classe pour leurs enfants. Ils en avaient le droit. Mais ils durent d'abord soustraire les enfants à l'amoncellement de chanvres qui remplissait les minibus Volkswagen à l'abandon et demander la bénédiction de l'inspection académique. L'administration dépêcha un agent qui ne disposait pas de cartes précises, qui se perdit et renonça à grimper les ruelles abruptes quand sa voiture fut prise dans une ornière. Sa visite était inutile. L'école tourna court, elle sombra dans les décombres des voitures décarcassées, dans les plumes en apesanteur arrachées aux poules. Les parents hésitèrent longtemps avant d'inscrire leurs enfants dans ma classe car l'école de la République n'était pas seulement à leurs yeux la première des entraves, elle était à dix kilomètres de chez eux, c'est-à-dire au bout du monde. Aussi, n'eussent-ils rien changé à leur existence si, à ce moment-là, la silhouette d'un chef n'avait émergé du vide immense qui les engourdissait. Les enfants, les pierres, les herbes et les chèvres, faisaient un chaos qui réclamait un bâtisseur et, dans la masse des oisifs bercés par le mouvement des nuages ou par la musique des ruisseaux, les hippies élurent un pionnier moins ensommeillé que les autres, qui avait une maison debout, une voiture en état de marche, une machine à laver et le téléphone. Jamais, l'homme n'eût laissé un instant les courses de taxi, les lessives et les communications téléphoniques grâce auxquelles il gagnait un peu d'argent, si un mariage ancien ne lui avait rendu un fils de huit ans nommé Félix. Le fils était superbe et déguenillé, arrogant et rebelle et les premières semaines furent si éprouvantes pour le père que celui-ci fit le projet de renvoyer l'enfant chez la mère. Mais la mère ne répondait plus et les grands-parents faisaient les morts. Ils étaient morts peut-être. Alors, le père de Félix reprit son discours sur l'école de la République. Tous les voisins qu'il avait réunis chez lui, qu'il avait assis sur de vieux coussins, dans le grondement des essorages interminables de la machine à laver, apprirent que si l'école était un carcan, l'instruction était un bienfait. Le nouvel instituteur du village était jeune, il était donc très savant ou très docile, ou encore les deux. Le père de Félix ajouta que, dans l'intérêt de son fils, il se résignait à tenter l'aventure. Il proposa à ses amis de mettre en place un service rudimentaire de ramassage en bricolant deux ou trois épaves hissées sur des cales ou en se cotisant pour faire rouler sa propre voiture. Quelques irréductibles, qui avaient décidé de confier leurs enfants à la seule tutelle des nuages, se résignèrent quand ils surent que l'administration du département accordait une aide substantielle aux familles isolées. Ce fut à ce moment-là, plusieurs semaines après ma quatrième rentrée, que l'effectif atteignit son apogée. S'ils n'avaient pas joué depuis longtemps, ou encore s'ils n'avaient jamais joué de leur vie, les enfants qui arrivèrent se mélangèrent vite aux autres. Ils apprirent aussi, vite et bien, comme si la vie sauvage, les carences, les repas sans heure ou l'absence de repas, en poussant la faim en eux, avaient poussé toutes les faims. Ils furent bientôt des enfants comme les autres. Ou presque. Les grands-parents, qui arrivaient de Suisse ou de Paris, les enlevaient à la sortie de l'école, deux fois par an, et les emmenaient en ville. Là, il les habillaient pour l'hiver, ou pour l'été, les conduisaient chez le coiffeur en réclamant une coupe qui durât autant que les habits. Ils les abandonnaient ensuite, habillés, parfumés, nourris et rassasiés, devant l'école, à huit heures du soir. En réalité, ils les déposaient sans un bruit, mais on distinguait aisément leur voiture dans la nuit naissante, malgré les phares éteints. Il y avait toujours quelqu'un à sa fenêtre pour assister à l'arrivée des parents dans le vieux combi Volkswagen. A la vue des enfants lavés, tondus, nageant dans des vêtements trop grands, les parents se mettaient à hurler. Ils juraient que c'était la dernière fois et les grands-parents repartaient sans dire un mot, sans allumer les phares de leur grosse voiture, sans faire gronder le moteur.

Les gens du village avaient compris que la commune devait être immense pour abriter des gens que l'on ne voyait jamais. Ils se rappelaient avec nostalgie l'époque des écoles dans les hameaux, des châtaigneraies entretenues, des fermes habitées et retentissant de bruits familiers. Ceux qui avaient vendu leurs biens – pour trois fois rien, disaient-ils – commençaient à regretter les confins boisés et rupestres et la pureté ancestrale des misères consenties. Ils s'emportaient contre les hippies vindicatifs, taciturnes et sournois qui avaient déjà détruit les murettes des jardins, déchiré la tapisserie des chambres, le linoléum des cuisines, les rideaux des fenêtres. En réalité, personne ne revint dans les hameaux pour vérifier l'état des maisons… Les hippies n'avaient touché à rien, ils furent même heureux dans leur solitude voulue. Les premiers mois, au moins, pendant lesquels ils s'émerveillèrent de la beauté des ciels étoilés, de la fraîcheur des sentiers, du galbe des pierres surplombant les torrents.

Le père de Félix n'avait rien cassé chez lui. Pas si fou. Dans une société où le dépouillement était une loi, il avait une maison restaurée, une voiture, une machine à laver, un téléphone. Tous ses semblables qui avaient eu l'idée de s'en passer se rendirent finalement chez lui, grelottants, épuisés, sales et abandonnés. Ils furent, dit-on, volés comme dans un bois par leur hôte qu'ils avaient pourtant croisé, en guenilles, des années plus tôt, dans le Lot ou en Ardèche. Les hippies, comme les autres, avaient leurs voleurs et leurs dupes. L'arnaque à la chèvre, surtout, amusait beaucoup les gens du village. Il y avait toujours quelqu'un dans la vallée pour en vendre trois ou quatre à un nouvel arrivé et la vogue dura assez longtemps pour que se répandît un troupeau de bêtes boiteuses, stériles et sèches, sans cesse renouvelé, comme si un élevage mystérieux, contenu quelque part dans une cluse profonde, produisait régulièrement des chèvres. Une mère d'élèves, qui avait épargné sur les pensions alimentaires versées par trois soldats de la Légion pour les trois enfants qu'elle avait eus ponctuellement avec chacun d'eux, perdit son capital en moins d'un mois par la faute de chèvres véhémentes qui s'entredévorèrent. Elle put en sauver une demi-douzaine qu'elle céda à une jeune Parisienne, pour un billet de train, un plein d'essence, pour rien. La Parisienne contempla les chèvres avec ravissement et sans se lasser. Elle avait vécu si longtemps dans une banlieue de roman noir qu'elle n'imaginait pas son bonheur à venir autrement qu'avec des pierres, du vent et des animaux cabriolant. Au bout de quelques semaines elle apprit qu'il n'était pas dans la nature des chèvres d'être boiteuses, stériles et sèches et que les anciens élevaient des bêtes pour obtenir de la progéniture ou du lait, pas pour les regarder s'ébattre dans un pré. Les chèvres s'enfuirent dans la montagne. La Parisienne partit à leur recherche et resta si longtemps que l'on se demanda si elle avait trouvé des chèvres ou un loup. Elle finit avec le vieux Borgniol dans la cabane que celui-ci retapait au moyen de branches arrachées à des pins et demeura là de longs mois, alanguie et disponible comme une maîtresse entretenue. Tout le monde se demanda comment une fille aussi jeune pouvait courir conjointement après des bêtes aussi laides et un vieillard aussi dégoûtant. On s'accorda alors à reconnaître que les hippies n'avaient pas seulement la paresse dans le sang mais qu'ils avaient également le vice dans la peau. Les bavardages devinrent amers et les sourires se crispèrent. Les mémoires, quant à elles, étaient bridées depuis si longtemps qu'on ne citait plus les adultères historiques, les enfants naturels. Pourtant, le tribunal des mères de famille irréprochables rassemblées sur le petit escalier de l'épicerie rapportait les premières excursions de Sabine, la belle-fille des Rouverand, qui tressait des paniers, pour le hameau des Cambous où, disait-on, l'attendait un homme. Les vieillards que je trouvais parfois sur mon chemin ou Clovis, le gendarme, qui établissait un mur d'enceinte autour de la maison de ses parents, retenaient volontiers, dans la liste des gens qui avaient occupé l'école avant moi, une maîtresse d'école jeune et séduisante, qui faisait l'amour très volontiers, et souvent, avec les pères de ses élèves et avec d'autres encore. Hommes et femmes s'accordèrent pour détourner sur les hippies les commérages qui les retenaient autrefois sur un coin de trottoir et Borgniol, avec sa Parisienne recluse dans une cabane de rondins, fit sourire tout le monde. Le vieil homme avait une femme, des enfants, des petits-enfants, mais il était du pays et tous ses ancêtres dormaient au cimetière. Aussi les bons moments passés dans la solitude des pins trahissaient-ils moins l'ampleur de ses vices que les exigences de sa belle santé, la satisfaction d'une orgueilleuse et saine virilité.

Ayant renoncé à conduire eux-mêmes la scolarité de leurs enfants, les hippies s'empressèrent, à la lecture des premiers cahiers, de dresser l'état de mes insuffisances. Les leçons étaient trop courtes, les exercices trop longs, ou le contraire, mon écriture illisible. Ils avaient plus de temps pour vérifier avec soin mon travail que je n'en avais pour préparer celui- ci. Bientôt, ils s'adressèrent au maire, directement. Le maire détestait les hippies mais il tenait à son école. Depuis que les élèves étaient aussi nombreux, il craignait que la défection d'un seul n'eût entraîné le départ de tous. Il ne voulait rien faire qui pût attirer sur l'école l'attention de l'administration. Aussi, pour répondre aux quémandeurs, rassembla-t-il tout le miel que sa parole pouvait produire quand un importun l'accostait et, pour la première fois depuis mon installation, il oublia les mots dont il usait d'ordinaire pour me défendre. En réalité, rares furent ceux qui, comme le père de Marielle, voulaient ma mutation. Plus tard, les hippies réclamèrent une cantine, un véritable ramassage scolaire, ou de l'argent pour suppléer décemment à l'une et à l'autre et toujours des sommes phénoménales, comme si l'argent arrivait ici avec la même abondance que le vent ou le soleil. Le maire eut alors l'habileté de convoquer des représentants de l'administration qui pouvaient, mieux que lui, refuser de donner l'argent qu'il n'avait pas. Les autorités prononcèrent sans effort le refus que le maire ne savait dire. Celui-ci vit ensuite avec soulagement qu'aucun élève n'avait été retiré de l'école. Il eut la sagesse de se montrer fort peu les jours suivants et, quand il reprit le chemin de la mairie en passant devant l'école, aucun des hippies qui attendaient la sortie des classes ne s'approcha de lui pour lui parler. Tout allait bien. C'était la première fois que, pour résoudre un problème, le maire avait préféré le silence à la parole.

Lorsque je vis que les enfants des hippies avaient les mêmes notes que les enfants du village, qu'ils employaient les mêmes mots, qu'ils jouaient aux mêmes jeux, sans jamais montrer la moindre réticence, je sus que l'école de la République était une réalité et que, après cent ans d'existence, fût-elle servie par un fonctionnaire inaccessible aux dogmes, comme je l'étais, et dissimulée dans les replis les plus sauvages du territoire national, elle existait, elle vivait encore. Quelques-uns de mes premiers élèves étaient toujours là, à commencer par Gaétan qui attendait d'avoir douze ans pour entrer dans un établissement lointain, où l'on enseignait l'abattage des arbres ou la mécanique. Depuis la dernière rentrée des classes, il venait de nouveau à pied, en prenant par les sentiers et la voie ferrée. Il posait des pièges. Il ramassait des champignons, des baies et volait quelques grappes dans les vignes. Il cachait un sac derrière une pierre. Il était maintenant très grand, plus grand que moi. Il n'était pas pressé de partir mais il m'écoutait à peine et se mêlait peu aux autres. Et les autres n'allaient pas vers lui. Marielle, son contraire qui aimait la grammaire, l'arithmétique, et avait des notes excellentes, ne lui adressait jamais la parole. Les trajets des deux enfants pour rentrer chez eux pénétraient deux mondes différents. Celui du garçon passait dans les fougères et les ronces, celui de la fille passait dans les rues du village et jamais l'un des deux élèves n'alla sur les traces de l'autre. L'école de la République, qui demeura dans les hameaux et dans les villages perdus, pour que la langue française fût non seulement parlée et entendue partout, mais incrustée dans les murs qui retentissaient encore de tous les patois, n'aimait pas les chemins de traverse… Marielle était assez docile et assez méticuleuse pour que le certificat d'études, qui avait fait la gloire de sa mère, fît un jour la sienne, mais les sessions commençaient à être annulées, faute de candidats ou d'examinateurs. Le certificat d'études, comme le patois, allait disparaître. Gaétan et Marielle étaient arrivés au bout d'une époque, d'un monde. Leur existence naissante était enfouie sous le souvenir des morts et sous la vie de leurs parents, des vies inertes comme des dalles de pierre. L'élève brillante et le cancre allaient quitter le village, dans un an ou dans dix, parce que ni la gloire ni le braconnage ne pourraient les nourrir un jour, parce que les vignes finiraient aussi par disparaître et après elles les pompiers, les sapeurs-forestiers, les incendies de forêts, les glissements de terrain et les inondations. Mais pour l'instant, tous les élèves du village qui vivaient encore dans le doux carcan des saisons, indifférents au passé qui les avaient réunis, comme à l'avenir qui allait les disperser, sourds aux remontrances des parents évoquant les poux, la gale, les maladies formidables qui enveloppaient les hippies, tous les enfants, et avec eux les enfants de hippies, étaient dans le quotidien de l'école, impatients de jouer mais disposés à étudier, souriants, polis. Et tout eût continué ainsi, si Félix, l'enfant précieux aux yeux noirs et brillants, Félix le bien nommé, gorgé de vent, ébloui d'étoiles, contenu depuis de trop longs mois par l'indolence de ses camarades, n'avait brusquement décidé d'imposer à ses camarades l'autorité que je n'exerçais sur personne. Je ne sus jamais si l'enfant était devenu à ce moment-là un enjeu dans le divorce sans cesse ajourné des parents, une charge dans la vie précaire de son père, s'il y avait eu des projets de brimades dans le groupe désormais soudé de ses camarades ou si sa forte nature avait simplement besoin du voisinage de ces derniers pour s'exprimer… Les disputes étaient fréquentes et, au milieu de chacune d'elles, trônait Félix, menton droit et poings fermés. Un jour, après la récréation, alors que les rangs se faisaient devant la classe, Félix porta sur son voisin un coup qu'aucun mot, aucun geste, aucune querelle n'avait amorcé mais que l'enfant avait puisé dans la liberté suprême qui était la sienne depuis toujours. La victoire de Félix fut courte car une gifle, la gifle que je n'avais encore donnée à personne, retomba aussitôt sur lui, précise et sonore. Et je fus plus effrayé que l'enfant car cette gifle n'était portée par aucune colère, par aucune rancune, aucune volonté, pas même par un réflexe…

Le père se présenta le lendemain à l'école et il eût probablement parlé avec ses propres poings s'il n'y avait eu mon bureau entre nous, un bureau qui datait des débuts de la République et sur lequel se dressaient, comme les tours d'angle d'un château fort, les piles massives et hautes des cahiers à corriger. Son discours fut aussi violent que des coups et plus désordonné encore. L'outrage de la gifle le motivait à peine, car la gifle était un prétexte. Le père de Félix resta de longues minutes devant moi. Il bougeait à peine. Il était maigre. Ses bras trop longs le gênaient. Ses yeux étincelants ne regardaient rien et la suite de son discours resta contenue dans sa poitrine vide. Il partit et je ne le revis plus. Le lendemain, son fils ne vint pas à l'école. Le père continua à transporter les enfants des autres dans sa voiture mais un jour, après les avoir déposés, en grimpant péniblement vers sa longue journée d'ennui, il sombra dans un ravin. Les hippies qu'il plumait depuis des mois prétendirent que le bougre n'était pas si fou pour se précipiter dans le vide avec son vieux tas de ferraille et les chasseurs qui retrouvèrent la voiture plantée comme un arbre, au fond du ravin, se demandèrent comment il avait pu s'extraire de l'épave. Ce fut le dernier mensonge du père de Félix. Avant de partir pour les Pyrénées ou la Haute Provence, il rendit son téléphone au bureau de poste et vendit à un voisin la machine à laver surmenée. Les enfants de hippies quittèrent l'école à leur tour, car il n'y avait plus de voiture pour les conduire et pas d'argent pour en acheter une autre. On ne les vit plus. Ils étaient toujours dans la commune. Pour les visiter, les grands-parents grimpaient les routes dans leur grosses voitures et passaient au-dessus de redoutables ravins. Ils s'arrêtaient loin des hameaux, sur une esplanade goudronnée qui fermait la route. Afin de convoquer leurs petits-enfants, ils usaient de signaux secrets. Les petits-enfants allaient jusqu'à eux, deux fois par an, avant l'hiver et avant l'été, comme si le mécanisme des saisons était le seul qui ne fût pas définitivement grippé. Les embrassades ne duraient pas et les enfants n'avaient rien à raconter sur leur vie dans les herbes hautes. Mais les grands-parents les séquestraient quand même dans leur voiture jusqu'à la nuit. Là, ils distribuaient des vêtements, des livres de classe ou encore des chèques, les premiers chèques. Ils avaient aussi préparé un casse-croûte et des gâteaux, une bouteille Thermos remplie de café.

9

Les odeurs de forêt, de terre, d'arbres, de bêtes rendues en charogne, étaient des odeurs fragiles et fugitives qui revenaient avec les saisons et se promenaient avec les vents quand l'odeur des hommes restait accrochée aux maisons comme le papier des tapisseries, les portraits d'ancêtres, les batteries de casseroles. Elle collait comme une glu aux charpentes, aux vêtements des hommes et à la besogne des femmes. Elle se mêlait aux relents de poussière, de cuir, de lait bouilli, de chou, de toile cirée, au plancher vermoulu asphyxié par le linoléum. Chez M. Gleizes, qui habitait le pavillon en face de l'école, l'odeur tenait malgré le décès de l'épouse, malgré la mise en panne des machines domestiques que celle-ci avait activées pendant toute une vie, malgré les calamités que le veuf imagina pour préparer ses repas ou son café. Un jour, M. Gleizes mit le feu à sa cuisine et ouvrit la fenêtre pour prendre l'air, pour réclamer du secours, pour se sauver peut-être. Mais sa voix ne portait pas et ses jambes étaient trop faibles… La fumée s'échappa en étourdissant le vieil homme, en le dissimulant, et se déploya devant les fenêtres ouvertes de l'école. Elle s'épaissit, grimpa dans le ciel et se détacha peu à peu de la maison. Le vieil homme apparut à mes élèves et à moi debout dans le chambranle de sa fenêtre, droit dans un parterre de flammes. Je décrochai l'extincteur du couloir et traversai la rue en me retournant pour exhorter les enfants à ne pas me suivre. J'étais un peu fébrile à cause des plus turbulents ou des plus curieux de mes élèves qui pouvaient traverser à leur tour. Théron, l'ancien chef des pompiers, m'avait précédé dans la cuisine. Je ne savais d'où il venait, à quel mystérieux système d'alarme il avait répondu, mais il était là, appliquant calmement des couvertures sur le sol, indifférent au vieil homme qu'il avait attaché à la rambarde de sa fenêtre par des paroles de menaces et qui ne se retourna pas quand j'entrai. Théron s'empara de l'extincteur, sans penser un instant que l'incendie n'était pas tragique au point de me priver d'un tel jouet, moi qui avais été capitaine de pompier pendant une bonne partie de mon enfance, et effaça par un simple jet de neige carbonique les flammes que crachait une lourde cuisinière de fonte. Le feu disparut au premier jet d'écume. Le chef des pompiers répandit ensuite sur le linoléum la neige contenue au fond de l'extincteur et m'expliqua que celui-ci devait être purgé de son produit jusqu'à la dernière goutte. Peut-être, cette dernière goutte fut-elle nécessaire pour que les odeurs de toute une vie disparussent ainsi, brûlées par des odeurs plus acides et recouvertes par une neige de conte de Noël.

Pour vaincre la solitude du vieil homme, pour l'empêcher de mettre le feu à la maison tout entière, de jeter des bibelots, des billets de banque ou les bijoux de Mme Gleizes, le maire découvrit une femme de soixante ans, grande et toute en force, qui devint moins d'un mois après l'incident la gouvernante du vieil homme. Mme Pujol avait conservé, malgré un long séjour dans les colonies, l'accent de la Cerdagne où elle était née et parlait un français acrobatique que tout le monde, ici, comprenait. Interrogée par les badauds sur les sacs d'ordures que le garde n'avait pas ramassés, elle répondait : "La poubelle ne passera pas, il est aux vendanges." Elle avait servi les officiers avant de soigner les vieillards et fut, dit-elle, de toutes les guerres d'indépendance que nous avions perdues. Dans l'ombre des généraux illustres, Mme Pujol apprit à rester debout, à dessiner la silhouette cambrée et arrogante qui remplissait le chambranle de la fenêtre du rez-de-chaussée. Ses bras puissants aux manches retroussées appartenaient à un corps mâle, tendu. Ses mains saisissaient avec vigueur la rambarde de la fenêtre, comme les rênes d'un attelage. Elles menaçaient de tout détruire, mais la maison, bâtie dans le rocher, résistait encore. Bientôt, ces mêmes mains, lassées de se brûler au feu des détergents, plongèrent dans la terre du potager où M. Gleizes avait planté avant la mort de sa femme des légumes que la faim du couple ne put emporter. Des choux rebelles dont les racines se réfugiaient au-delà de la croûte terrestre encombraient le jardin en contrebas de la route. Quand M. Gleizes était à la sieste ou, plus précisément, consigné dans sa chambre en exécution d'une sentence dont on connaissait le juge qui l'avait prononcée mais pas les motifs, Mme Pujol était au jardin. Sa blouse brillait comme un verglas et révélait le volume des muscles. Elle était l'uniforme sans lequel les femmes du village n'auraient pas salué la nouvelle venue, l'empreinte futile et colorée que celle-ci avait acceptée parce qu'elle était plus légère qu'un voile, parce que les taches glissaient dessus. Mme Pujol vint à bout du potager en agissant sur les seules racines, car les légumes étaient abandonnés, couchés sur le flanc, comme des bêtes, et elle attendit qu'ils eussent pourri pour les pousser avec le râteau, pour les mélanger à la terre.

Mme Pujol avait un culte particulier pour Vinça, son village natal dans les Pyrénées-Orientales, à trois heures de route. Avant de s'y rendre, elle laissait la voiture ronronner devant le petit garage, à la vue de tous. Elle s'installait ensuite à la place du conducteur, devant des gens qui s'étaient arrêtés pour voir une femme au volant. Elle faisait passer la ceinture de sécurité sur l'épais manteau boutonné qui couvrait sa large poitrine et procédait à l'inventaire des commandes, à la façon d'un pilote de ligne. La voiture traversait le village à un moment de la journée où il y avait du monde dans les rues. La journée de congé était un trésor que la gouvernante voulait montrer à tous. Une journée pendant laquelle M. Gleizes allait manger froid, ce qu'aucun homme du village n'eût accepté. On ignorait quelle famille elle allait visiter, le fils de trente ans qu'elle rencontrait peut-être à l'insu de sa belle-fille, le restaurant gastronomique où elle allait déjeuner… Elle partait et sa petite voiture était sa seule richesse. La maison qu'elle possédait à Vinça ne servait à rien. Juste à conserver des meubles, des bibelots, de la vaisselle ancestrale, des souvenirs. Une maison sur la route des vents d'hiver. Froid comme un campement sur la banquise, Vinça était dans l'ombre des montagnes. On avait soutiré à ces dernières assez d'eau pour faire un barrage au pied du village. Le lac n'avait pas de rive, mais des blocs de pierre du côté de la route et une falaise en face. Les rares promeneurs qui s'étaient approchés s'étaient noyés.

L'ampleur des provisions rapportées montrait que Mme Pujol faisait à Vinça de providentielles récoltes et qu'il se trouvait là-bas des gens qui arrachaient pour elle des pommes de terre et amassaient des bûches. La gouvernante interrompait ses sorties pendant l'hiver. M. Gleizes ne sortira pas avant le printemps, affirmait-elle tous les ans à la même date, à des gens qui n'avaient jamais vu le vieil homme dehors. Celui-ci était à la retraite depuis si longtemps qu'il eût fallu entreprendre des fouilles pour découvrir le métier qu'il faisait autrefois. M. Gleizes, qui était pâle, frileux, quinteux, qui prenait appui sur une canne ou sur les meubles en formica de sa cuisine, tenait encore par la seule magie de la tyrannie que Mme Pujol exerçait sur lui. Il n'était plus qu'un tuyau immense, enveloppé de chairs et contenu des journées entières sur un lit. Il n'avait de voix que pour gémir. Parler le fatiguait. C'était d'ailleurs un effort inutile : la gouvernante, qui avait puisé tout son savoir dans le silence des moribonds, l'avait prié de se taire.

L'hiver passa dans l'odeur des compotes. M. Gleizes était prisonnier de ses draps et la gouvernante, de sa fenêtre. Le vieil homme, qui allait mourir, ne se plaignait plus et Mme Pujol, qui le maintenait en vie, apostrophait les passants pour leur dire que c'était la fin. Elle priait quelqu'un de lui porter le pain ou le journal car elle était à l'écoute du moindre bruit et ne voulait pas quitter la maison. En fait, M. Gleizes survécut à l'hiver, aux tisanes, aux potions, aux vases poussés sous ses reins comme des cales. A la grande surprise de sa gouvernante, le vieil homme se leva et fit quelques pas autour de son lit. Il retrouva les vêtements de l'automne dernier, lavés, repassés, rapiécés et les remplit exactement comme si, après les mois d'hivernage, son corps abattu avait gardé le souvenir de son corps debout. Mme Pujol lui refusa l'accès au jardin où elle se livrait à des expériences mais elle installa une petite chaise au pied du mur. M. Gleizes apprit à rester assis. Pourtant, quand arriva le moment des élections, il voulut franchir la route pour assister au dépouillement des votes. Mme Pujol répliqua que le dimanche les routes de la région étaient la proie d'octogénaires insensés, au volant de voitures presque aussi vieilles qu'eux. Et elle simula des trajectoires hasardeuses en dessinant des serpents avec le tranchant de la main. M. Gleizes tint bon. Peut-être n'ira-t-il pas voter, dit-il, mais il assistera au dépouillement. Mme Pujol n'insista pas. Elle avait compris que le vieil homme avait le goût pour le dépouillement des votes comme d'autres aimaient les défilés militaires ou le passage des trains. Elle fut devant sa porte à six heures du soir. Elle avait gardé son tablier, retroussé les manches, conservé les bottes de caoutchouc kaki qui avaient piétiné dans l'après-midi la boue du jardin. Le vieil homme, qu'elle avait détaché de la maison, tout doucement, était fragile comme un morceau d'écorce. Quelques voitures firent un écart. D'autres s'arrêtèrent. M. Gleizes abandonna le bras de sa gouvernante pour renouer avec le bois de sa canne et rejoignit le groupe des hommes devant la mairie. Il ne salua personne et ne dit rien. Mme Pujol resta sur le pas de sa porte jusqu'à la nuit, dans l'attente du vieil homme, les yeux fixés sur le défilé des ombres qui glissaient derrière les vitres embuées de la mairie.

M. Gleizes mourut au début de l'été en laissant à sa gouvernante la maison, le jardin et des racines nouvelles enfouies par centaines sous la terre. Mme Pujol ne changea pas ses habitudes. Une fois par mois, elle partit pour Vinça dans sa petite voiture, d'où elle revenait le soir, avant la nuit. Les celliers qu'elle dévalisait dans son village natal ne tarissaient pas. Elle mangeait seule et elle mangeait beaucoup. Elle vidait ses poubelles avec du retard, en courant dans la rue derrière la benne du garde. Enfin, elle révéla ses talents de guérisseuse et se rendit chez des paysans cloîtrés chez eux par la migraine, après des heures au sommet des cerisiers. Mme Pujol retirait le soleil avec une carafe d'eau posée sur le crâne des gens et en faisant des prières.

Elle finit par entrer chez nous. Elle portait une blouse de tergal sur trois volumes de chandails. Son front, ses paupières étaient rouges, ses joues couperosées. Elle prétendait que le soleil d'Afrique que nous avions dans la tête depuis trois ans déjà était noir comme du plomb et que nous "allions mourir de vivre avec ça dans le crâne". En regardant le curieux bouillonnement dans la carafe, elle parlait de son passé et racontait les premiers malades qu'elle avait veillés, pour la plupart d'anciens officiers des troupes coloniales, rompus par la boisson, les fièvres ou la dysenterie. Elle s'interrompait parfois pour montrer comment elle faisait traverser l'eau d'un torrent à un homme épuisé. Pour illustrer son propos, elle saisissait brusquement notre fille en glissant ses mains sous les aisselles, et la hissait dans les airs comme un oiseau que l'on rend au ciel.

10

Autrefois, à l'époque des écoles de hameaux et des maîtres d'école en blouse, à l'époque des châtaigneraies étrillées comme le cuir des chevaux et des vignes sans ronces, la commune était un univers, une planète. Du hameau culminant près des marécages froids jusqu'au hameau dressé dans la pierre blanchie par le sel des embruns, il y avait une journée de marche. Deux, peut-être, pour les plus âgés, qui ne marchaient pas… Nombreux étaient ceux qui, pendant toute une vie, ne s'étaient risqués dans les hameaux du versant opposé. La mer, que l'on pouvait apercevoir depuis les crêtes de l'adret, n'avait jamais existé pour personne. Les gens d'ici étaient adossés à la terre, au plateau que leurs ancêtres avaient parcouru jadis, où certains d'entre eux s'étaient établis et que d'autres avaient fui, à cause des marécages, des renards, à cause des blés atrophiés, des forêts trop noires.

En réalité, le territoire de la commune n'était pas si grand qu'il ne pût épuiser les curiosités de toute une existence, mais les voyages d'agrément étaient considérés comme inutiles, absurdes et fatigants. Pris dans la terre des chemins, l'eau des ruisseaux, la pierre des vignes, les hommes et les femmes ne voulaient pas bouger. La guerre, la Grande Guerre, seule, put arracher les garçons aux lopins dérisoires et fourbus qu'ils avaient entrepris de déchiqueter, pour les poser dans la boue stérile des tranchées. La guerre et, après elle, le régiment... Un an de caserne ou deux ou encore trois, selon les caprices de la Chambre qui semblait ignorer que les foins et les vendanges ne pouvaient se priver des bras des jeunes hommes. Pour atteindre les villes de garnison que traversaient des rivières enduites de brumes, c'étaient vingt heures de train, une nuit, ou deux, sur le banc d'un quai de gare, les bourrasques, le ciel bas, sournois, des pays lointains et pour seule lumière le trésor précaire des victuailles de la ferme que fermaient deux épaisseurs de torchon. Du temps perdu. Aussi, quand la République se dota d'un empire, les soldats démobilisés apprirent avec soulagement qu'ils n'étaient pas tenus de s'embarquer pour l'Afrique ou l'Indochine. Les carrières sublimes, pourtant, débutaient là-bas. Henri Nègre, le policier, le savait, lui qui rejoignait tous les week-ends la petite maison de ses parents défunts et qui possédait sur un jardin en terrasse trois châtaigniers greffés, grands comme des cathédrales. Les racines qui avaient attaché le jeune flic à son village ne rompirent pas quand, après la guerre, on lui offrit le recrutement sur titre de commissaire, à Madagascar, c'està-dire aux antipodes, chez les mangeurs de criquets et de chair humaine. Les racines ne rompirent pas car le jeune homme était alors sous la tutelle de ses beaux-parents qui s'empressèrent de lui demander ce qu'il pouvait bien aller f… là-bas. Ces quelques mots suffirent à le contenir dans le bocal étanche de sa petite vie et trente ans plus tard, il racontait volontiers l'épisode au premier passant venu. En riant. Avec ses baobabs corpulents et lisses comme des hercules de foire, Madagascar n'était rien à côté de l'apanage planté de châtaigniers greffés qu'il avait reçu en compensation.

L'ancrage, le puissant ancrage des hommes dans la terre des ancêtres n'avait pas été corrompu par les tentations, par le souvenir des casernes, par l'intégration des étrangers que l'on avait mariés aux gens du pays, que l'on avait habillés des mêmes étoffes ancestrales et qui juraient dans le même patois. Sans les patrouilles de Mirages qui sortaient parfois des nuages en tourbillonnant sur eux-mêmes, il eût été permis de voir, dans une silhouette perchée sur le renflement d'un chemin, un colporteur chargé de statuettes pieuses ou un rescapé des guerres napoléoniennes rentrant au pays. Je marchais depuis longtemps déjà et je n'étais plus un étranger. Je connaissais le petit monde des enfants malades enfouis sous une couette et dégoulinant de tisanes, des lessiveuses sur les fourneaux, des bassines de coings, des téléviseurs toujours branchés et des chats dormant enroulés au fond d'un four ouvert. Grâce à mon vélo, j'allais désormais au-delà de la commune, du canton, du département mais je rentrais avant la nuit. J'avais pourtant envie d'aller plus loin encore. Je me rappelai les traces familières de mon enfance dans les fougères toutes proches, les sorties en haute montagne de mon adolescence et les territoires lointains et sauvages d'où j'étais rentré il y avait de cela si longtemps, maintenant… Sur le trajet qui la ramenait de l'hôpital, ma femme rassemblait soigneusement pour moi les histoires de courses fabuleuses que le cardiologue avait conduites dans les Alpes, en Amérique ou ailleurs et qu'il racontait volontiers quand il visitait les malades en sa compagnie. Mais, pour l'instant, si je commençais à penser à des routes lointaines, je marchais encore avec mes élèves car le temps des explorations n'était pas achevé. J'étais allé très loin, très haut, dans les forêts, sur le plateau, j'avais avancé à l'intérieur des hameaux détruits, approché des fermes cernées par les ronces mais je n'avais pas encore pénétré les versants lumineux et doux qui s'étendaient entre le village et les promontoires sur lesquels on découvrait la mer. Les notables du pays détenaient sur les premières pentes apprivoisées des parcelles au milieu desquelles se dressait un grand carré de sapins appartenant au maire et que celui-ci avait voué à la coupe. C'était la seule marque obscure sur le paysage, la seule trace que l'on pouvait un jour échanger contre de l'argent. Au-delà, les hommes avaient renoué avec les travaux archaïques, posé des ruches dans des replis hérissés de tôles, des passerelles au-dessus des ruisseaux. Le chemin s'enfonçait dans des vignes qui n'avaient pas été taillées depuis la guerre, dans les herbes hautes qui s'étaient emparées des vergers abandonnés. Les pêcheurs et les braconniers encombrés de cannes ou de pièges glissaient sous une pierre de vieux journaux que l'apiculteur tordait comme des cordes, qu'il enflammait ensuite, qu'il éteignait enfin, obtenant une fumée âcre qu'un soufflet de son invention poussait sur les abeilles pour les endormir. Nous croisions parfois Pipo, le chien des Garenq, qui vivait aussi libre qu'un chat, traquait les sangliers le jour et la nuit, l'hiver et l'été, se nourrissant comme eux de racines et de glands. Pipo courait dans les ravins et au milieu des ronces, contusionné et hirsute comme un chêne vert. Il cherchait son maître qui récoltait des asperges rondes et blanches dans un petit pré en contrebas de la route. Le chien boitait et ne répondait pas aux appels des enfants. Nous le suivions jusqu'à une auge nichée sous un buis où Sabine trempait l'osier dont elle faisait ses paniers. Nous nous penchions pour surprendre les éclats capricieux qu'une lumière issue des profondeurs posait sur les cailloux, sur les joncs rassemblés en gerbes ou sur le visage d'un enfant.

Les premiers reproches ne vinrent pas de la hiérarchie. Les chefs étaient loin et ne bougeaient pas tant qu'un procès-verbal de gendarmerie ne les avait pas instruits d'un accident. Les anciens du village, si nombreux à l'entrée des sentiers pendant mon premier automne, ne disaient plus rien. Ou presque. Fatigués et secs, ils atteignaient rarement les clôtures au-delà desquelles les enfants se mettaient à courir et s'ils me parlaient c'était pour regretter une fois encore que les liens dont j'étais armé fussent trop lâches et le poing qui les tenait, trop faible… Ils ne savaient probablement rien des remontrances que l'on adressait au maire et des rumeurs à mon sujet… Les parents, qui avaient été si heureux de confier leurs enfants à un maître d'école si jeune, commençaient avec le temps à me trouver trop jeune, en fait. Ils craignaient les arbres, les falaises, les mulets sur lesquels je n'hésitais pas à hisser mes élèves. Ils se rappelaient aussi la gifle donnée à Félix. La première gifle, la seule. Un véritable mystère. Ils demandaient des explications au maire. Celui-ci écoutait mais ne répondait pas. Pas encore. A cette époque-là, il cherchait à me ménager… Ce n'était pas mon départ qu'il redoutait, c'était mon absence. Tous les ans, je pouvais consulter la liste des postes à pourvoir que les services de l'académie envoyaient au mois de mai. Je pouvais choisir dans l'immensité du département une de ces innombrables écoles qui ne sentaient pas le mazout et le plancher vermoulu. Il me suffisait d'en finir avec les formalités et de m'en aller, comme le faisaient la plupart de mes collègues. Le maire savait cela, il savait aussi que les collègues des villes n'inscrivaient jamais le nom des villages perdus sur leurs fiches de vœux et que les maîtres d'école mutés d'autorité avaient leurs caprices, qu'ils pouvaient être malades pendant trois mois avant de prendre leur poste ou qu'ils se perdaient en route et n'arrivaient jamais jusqu'ici.

J'aurais pu vivre ainsi des siècles, niché dans les fougères ou dans le crépuscule des terriers, minuscule comme ces héros de contes qu'un monstre tient dans le creux de sa main et promène au-dessus des immensités. J'avais trouvé mon bonheur dans l'infiniment petit des insectes, des champignons, des animaux creusant des galeries sous la mousse. Je cherchais au-dessus de moi l'entrelacs des ficelles tendues par un double victorieux et invisible. J'avais d'ailleurs commencé à rédiger sur une vieille machine à écrire l'histoire d'un homme remontant des ruisseaux et des fleuves, se perdant dans des forêts, se heurtant aux montagnes. J'avais imaginé des paysages grandioses mais l'écriture et l'intrigue étaient maladroites et mon héros fragile, inconsistant. Un souffle suffisait pour le mettre à terre mais je le relevais aussitôt car j'avais besoin de lui. Il ne savait où aller, il hésitait constamment entre la lumière et l'ombre. Il n'était ni proie ni prédateur. Il attendait un ordre de moi. Il n'était rien, pas même un personnage de roman.

11

Le maire avait conçu le métier de sapeur-forestier pour les paysans sans terre, pour les villageois recalés au certificat d'études, pour les doux rêveurs. Le mirador, plutôt que la forêt, était leur domaine, une passerelle de poutres et d'acier plantée sur une crête, dans l'accouplement des vents. Il n'y avait aucun travail à faire mais une fonction à remplir : être au milieu des flammes quand la montagne prenait feu. Ayant reçu l'ordre de donner l'alerte et de griller ensuite avec les pins sylvestres, ils avaient été dotés d'un bel uniforme qui seyait aux héros et aux martyrs et attendaient sagement l'incendie suprême en jouant à la belote. Ils étaient devenus arrogants, fiers. En fait, si on les payait pour contempler les beautés du ciel ou la cime des épicéas et si on les savait pratiquement rendus à l'état sauvage, on espérait beaucoup de la vigueur de leur race pour repeupler la vallée et on avait fait le projet de les marier. Aussi, les pompiers, les cantonniers, auxquels se joignit l'élite des vieux copains d'école, rentrés des grandes villes pour le week-end ou les vacances, élevèrent-ils des tréteaux et des tables dans des prés reculés et pentus. Là, entre fermes et miradors, d'authentiques festins célébraient l'anniversaire de l'un d'eux ou le jubilé d'un ancien. Le banquet commençait par un jeu rapide de chaises musicales qui faisait immédiatement deux perdants, Lui et Elle, assis côte à côte, rendus à l'état de statues, rouges, boursouflés et respirant à peine. Les convives donnaient ensuite dans une surenchère de paroles lestes et de grossièretés, aussi violentes qu'une lapidation. Bientôt, les bavardages devenaient si obscènes que le couple esquissait un rapprochement. La conversation qui naissait de ce rapprochement et que personne n'entendait tissait les premiers liens mais ce n'étaient pour l'instant que des bribes de phrases. Il fallait encore deux ou trois banquets parce que les couples qui se formaient derrière la table se défaisaient le lendemain à cause de la vigilance des mères. Peut-être était-ce moins la pesanteur des solitudes que la tyrannie des sens qui précipitait les unions et il y avait assurément, parmi les plus timides, des couples qui avaient fait l'amour avant même de se parler.

Le mariage arracha Régis à ses vieux parents. Les nippes glorieuses qu'il affichait au sommet des miradors furent traitées comme les reliques d'un saint par la jeune épouse qui faisait un peu de blanchisserie et de repassage pour les vieillards sans famille et allait de maison en maison sans jamais quitter son tablier. Pendant que le mari mettait dans les vents d'altitude sa petite tête coiffée d'une casquette kaki aux oreillettes de fausse fourrure, elle recevait les confidences, révélait ses secrets, ses envies de maison neuve et d'enfants dociles. Il fallut d'abord acheter un terrain bon marché entre le cimetière et le transformateur, arracher une vigne presque morte et entraîner dans la boue les vendeurs de maisons individuelles. Entre les rêves du début et la pose de la première pierre, la maison rétrécit dix fois car les devis étaient monstrueux et les prêts souvent refusés, et quand elle fut construite, elle parut si petite que Régis n'osa pas y entrer. Mais on le vit ensuite au bord des chemins, battu par les intempéries, serré dans son glorieux uniforme des sapeurs, aussi raide et droit qu'il l'était sur son mirador. Il demanda à sa femme enceinte de renoncer à la crasse des autres pour se consacrer au domaine impeccable et neuf de sa maison. Le couple plongea sa chair apaisée, vaincue par la vie transmise, dans la splendeur des formicas, dans la transparence brune des assiettes Arcopal et croula bientôt sous les factures. Le salaire, qui était la fierté du mari et son identité d'homme libre, pour lequel il restait un mois debout dans les bourrasques et qu'il empochait naguère encore sans y faire d'autre entame que deux francs pour son paquet de gris quotidien, le salaire était tué le premier du mois par le vent impitoyable des remboursements. Et le couple avait faim. Bien sûr, la femme était devenue experte dans l'art des ragoûts toujours recommencés, pour la survie desquels elle trouvait toujours quelques pommes de terre. Bien sûr, le mari posait des pièges autour des miradors et rentrait parfois en dévalant un ruisseau poissonneux, mais il était devenu aveugle et maladroit comme un homme de la ville… Une faim tragique accabla le couple quand les gens de la vallée succombèrent à la gourmandise. Les propriétaires d'une berline à quatre places qui ne sentait pas le fuel domestique et le chien mouillé franchissaient les montagnes et les bornes départementales pour acheter des plats préparés et des vacherins surgelés dans les supermarchés à l'entrée d'une ville. Des pionniers partis en autocar pour l'Andorre ou le village frontalier du Perthus faisaient des repas gastronomiques dans une cafeteria ou dans une bodega et rentraient avec des friandises et des bouteilles de vin cuit. Le sucre et les douceurs atteignirent le village quand la viande manqua dans l'assiette du couple. Régis avait une sœur et un beau-frère qui l'avaient aidé quand il était célibataire et qui avaient logé le couple pendant la construction de la maison. Le beau-frère était un artisan habile dans les soudures, dans l'installation des chauffe-eau à gaz, dans l'exploration des canalisations. Son corps volumineux avait connu tous les orifices possibles. Le beau-frère s'était épuisé pour sa femme, pour ses enfants, sans jamais réclamer autre chose qu'un linge impeccable, que le repas servi dans la cuisine, à l'heure du journal télévisé. Dès qu'il fut accablé par les premières traites, Régis se rendit chez lui. Le sapeur-forestier qui n'avait jamais entendu dans sa vie d'autre discours que les remontrances de l'instituteur ou les blagues salaces de ses collègues égrena, pour cet homme sourd que les autres croyaient atteindre en hurlant, un chapelet de mots savants et doux, à peine audibles. Régis savait que le plombier avait glissé depuis peu dans le sucre et les douceurs mais il le regardait encore sans envie : sa faim, une vraie faim de pauvre, ne se compliquait pas de haine. Les premiers dons furent larges car la raison du plombier ne se mêla point aux décomptes de son cœur. Et ceux qui suivirent furent moins des dons que des liens. La famille, jurait-on en mangeant des boudoirs trempés dans le vin, en parlant plus fort que le haut-parleur de la télé, était un bienfait des dieux, une chance pour les humbles nés avec la face collée à la terre. Arrivés au café et aux liqueurs, quand les chiens et les enfants avaient quitté la table, les adultes prenaient le monde entier dans leur ligne de mire : on faisait l'état des lieux des brouilles retentissantes comme on eût évoqué une éruption volcanique dans une île lointaine. C'étaient beaucoup d'adultères et de duperies. Autant d'amour ne grandissait pas sans un peu de boue… Bientôt pourtant, la haine commença à poindre, encouragée par les premiers incidents. D'abord, il y eut les traites de la maison des uns que les autres ne payèrent plus. Il y eut ensuite la voiture neuve du plombier que le sapeur érafla avec le guidon de sa vieille moto. Il y eut enfin le reste de la parentèle et les voisins, que la médisance des deux couples avaient engourdis dans une interminable quarantaine et qui se réveillèrent. Tous allèrent d'une famille à l'autre, portant les mêmes ragots, les mêmes mots pour dire les mêmes histoires qui séparaient les familles depuis toujours. Les deux couples finirent par s'affronter et, si les hommes n'en vinrent pas aux mains, si les femmes ne s'arrachèrent pas les cheveux, les langues se délièrent et les insultes partirent. Les mots furent plus forts que les coups car ils venaient de plus loin. Ils étaient gorgés d'histoire ancienne, de drames et de révélations celées et allèrent droit au but, c'est-à-dire au cœur des victimes, à l'endroit le plus tendre, le plus fragile, qui avait reçu tant de caresses.

Le sapeur-forestier rejoignit les hauteurs, brûlant comme une chaudière, arrogant, taciturne. La querelle l'avait grandi. Requis par le maire, le plombier se rendit à l'école. Il se dressa sur le tertre médiocre de la cuvette à la turque des W-C, retroussa le bras droit jusqu'à l'épaule, courba lentement son corps et plongea la main dans la sanie en s'indignant d'une voix forte, d'une voix de sourd. Il en avait assez des profondeurs et de la merde des autres, il aspirait au repos.

Régis rentrait directement chez lui, sans passer par l'épicerie pour prendre le pain, sans répondre aux saluts des gens. Il lâchait brusquement son chien dans le jardin qui entourait sa petite maison ou plutôt dans le terrain vague où pourrissait le bois des dernières souches. Ce fut là, dans la boue d'une vigne abandonnée, entre le cimetière et le transformateur, que le sapeur-forestier édifia avec le rebut de ses bivouacs un épouvantail à l'effigie de son beau-frère. Ni la pluie, ni le vent, ni les voisins, ni les enfants, ni les oiseaux eux-mêmes n'osèrent toucher au mannequin. Avec de la vieille toile mal cousue, de l'étoupe mal serrée, des morceaux pris dans l'acier des bidons ou dans le bois d'une brouette, Régis avait bâti un monstre d'une étonnante ressemblance. Ce ne fut pas seulement l'épouvantail qui contint le plombier abattu, hagard, chez lui pendant presque tout l'hiver, ce fut l'enfant qui naquit quelques semaines plus tard, un enfant énorme que l'on accrocha aussitôt au sein maternel. Les enfants étaient devenus si rares que l'on montra celui-ci comme un trophée, une merveille issue de prodigieuses fouilles. Le maire, qui avait eu l'idée des banquets à vocation matrimoniale dans l'herbe des prairies, voulut voir le trophée et, quand il découvrit le landau posé sur le jardin sans herbe, il enfouit la tête dans le monde étroit et tiède du nourrisson, donna bêtement son gros doigt en pâture à la minuscule main crispée et eut au milieu des gazouilles quelques mots pour le sapeur-forestier debout à ses côtés. Juste quelques mots de reproches que le maire prononça d'une voix douce. Quelques mots pour dire au sapeur-forestier qu'il était temps d'emporter l'épouvantail sur les hauteurs et d'inventer avec lui un grand feu à l'écart des miradors.

12

Il y avait tout près de la rivière, mal protégé des inondations par un talus surmonté de rochers, un terrain de sport où je conduisais les élèves à la fin de la journée. J'avais un ballon sous le bras, un sifflet dans la poche et deux équipes inscrites à l'esprit, un savant dosage de filles et de garçons, de grands et de petits, d'enfants du pays et d'enfants de hippies. Les nombreux obstacles disséminés sur le terrain écourtaient les parties, non seulement parce que le ballon roulait mal ou ne roulait plus mais aussi parce que l'endroit offrait à la curiosité des enfants assez de trésors pour les occuper jusqu'à la nuit. Gaétan désertait le premier car il avait vu un tesson qui brillait dans l'herbe comme une pierre précieuse. Les autres suivaient aussitôt et le jeu finissait en dispute à cause du tesson. Gaétan filait dans un fossé et là, parce qu'il était sans rancune, ou sans mémoire, il négligeait les copains qui se blottissaient derrière lui, et s'agenouillait lentement avant d'enfoncer les mains dans l'argile. Bientôt, tous les bras étaient dans la vase et prélevaient des boulons rouillés ou des lombrics épais comme des doigts. Gaétan cherchait un filon et plongeait son long bras jusqu'à l'épaule en mettant une joue sur le sol pour que son oreille fût à l'écoute des profondeurs. Je suivais avec attention ses mouvements lents et familiers. Un peu de silence, ou, plus exactement, le grondement infatigable de la rivière et le frottement du vent dans les joncs, tous deux assez forts pour effacer les bruits du village et de la route, rendait à mon esprit les boulons rouillés, les tessons de bouteille et les lombrics repus que j'arrachais victorieusement à la vase d'un fossé, quinze ans plus tôt. Avant de m'oublier tout à fait, les enfants collaient sur moi un dernier regard dans lequel subsistait un peu de reconnaissance et beaucoup de complicité. Il n'y avait plus la moindre dispute, juste le frottement des mains glissant vers le robuste lacis de racines et de pierres. Les enfants pouvaient demeurer ainsi pendant des heures, malgré les courbatures, malgré le vent et la terre humide.

Les fouilles entreprises par les élèves me laissaient inutile sur un tertre. De rares badauds, bien droits sur la pointe des cailloux, abordaient la passerelle que les crues avaient encombrée de branchages, m'adressaient un salut du bout des doigts et ne s'arrêtaient pas. Mais, si j'étais isolé, je n'étais pas hors d'atteinte. Anselme, l'ancien entrepreneur, qui habitait une haute maison sans jardin, aux murs marqués d'une lèpre pourpre et de fissures, venait parfois me rejoindre. Il se démenait sur la barricade de fortune dressée pour interdire l'accès de sa cave aux alluvions répandus par une crue brutale, avançait sous un surplomb que trois pilotis sauvaient de l'effondrement et s'engageait doucement sur le terrain vague. Le trajet était long car l'herbe épaisse dissimulait peut-être quelque mâchoire d'acier avec sa rouille ancestrale, ou encore des taupinières et des cailloux qui obligeaient à de pénibles déhanchements. Après un furtif salut, il s'installait à mes côtés et, regardant à peine mes élèves qui se levaient, crottés, souriants, avant de replonger dans leur tourbe, il commençait sa leçon sur les enfances d'autrefois. Il évoquait les langes et les contre-langes avec lesquels les nourrissons étaient ligotés, l'eau froide du puits dont ceux-ci étaient ondoyés, les trois kilomètres à pied pour gagner l'école, la neige qui collait à la route et à la semelle des chaussures, les taloches données par le maître d'école et enfin, récapitulant les fautes et les contraintes, soustraite sans hâte de son fourreau en velours de Maurienne, la ceinture du père qui couronnait les enfances rurales par un sacre aux onctions soigneusement dénombrées. Il regrettait l'ordre immuable qui gouvernait jadis les maisons de la vallée. Il regrettait l'usage du patois qui avait permis le ralliement des conscrits languedociens au jeune maçon devenu soldat et, plus tard, quand il devint patron, l'allégeance des ouvriers. Selon lui, les enfants d'aujourd'hui parlaient beaucoup et on les écoutait trop, les hivers étaient devenus capricieux, la viande était chère et il était exagéré d'en manger tous les jours. Pas une branche ne craquait dans le village, pas un marchand ambulant ne s'arrêtait sans qu'Anselme ne donnât son avis sur la violence du vent ou le prix du poisson. Ce n'était pas une vie qu'il achevait, c'était un rivage jamais atteint qu'il regardait avec ses yeux rouges et ses pupilles éteintes, un pays de cocagne qu'il n'avait jamais pénétré parce que l'argent avait été inventé pour être gagné, pas pour être dépensé, parce que la vie n'était pas faite pour être vécue mais évitée, contournée, reniée. Il était impossible de savoir dans quels recoins de ce monde se trouvaient les maisons que l'entrepreneur avait bâties et les ponts qu'il avait rehaussés, lui qui habitait à peine sa maison et ne franchissait les rivières qu'à regret. Plus tard, renonçant définitivement aux coups de truelle, il délesta son pick-up Peugeot de sa bétonnière et s'embarqua pour les chemins de crête ou les coupe-feu. Il prit possession de parcelles jamais remembrées qu'il laissa à l'abandon, satisfait de les savoir marquées au nom de sa famille, quelque part dans le cadastre. La chasse l'avait passionné, mais depuis qu'il n'avait pas d'autre ouvrage que la contemplation du monde, sa vue avait faibli. Pour distinguer la proie dans les bosquets, les yeux d'Anselme se gonflaient de larmes et, s'il renonça peu à peu à son fusil, puis aux battues et, enfin, à sa part de découpe prélevée sur les bêtes, l'ancien entrepreneur ne renonça pas à la nuit immense que le calendrier de la chasse imposait aux chasseurs huit mois par an. Au moment de la fermeture, quand tous les camarades avaient repris en main leurs chantiers ou leurs vignes, il grimpait sur les talus, les sous-bois où se cachaient les sangliers et il jetait des épis de maïs sur la terre des sentiers, au pied d'arbres sur l'écorce desquels un peu de crin s'était accroché. C'était, affirmait-il, le seul moyen de fixer les futures proies sur le terrain des battues à venir. Son élevage de sangliers prospéra à un point tel que le jour de l'ouverture les chasseurs de la Diane locale firent des cartons sur des bêtes immobiles et douces. En fait, Anselme n'était pas le seul dans la vallée à poser de tels appâts. Les sangliers mangeaient tant de maïs, et depuis si longtemps, ils abordaient les villages avec si peu de crainte, forçaient l'entrée des fermes et se mélangeaient à des truies en chaleur avec un tel entrain que l'on finit par les capturer comme des chiens errants, en jetant sur eux des filets et en brandissant des fourches.

Anselme, qui était conseiller municipal depuis qu'il était patron, était devenu premier adjoint quelques mois après son départ à la retraite. Sa haute stature, sa casquette dont la forme rappelait le képi des soldats de la guerre de Sécession, sa tenue de maçon impeccable, formaient les ornements sans éclat d'une authentique momie. Son dévouement était sans limites. Au moment des élections, il passait le costume de son mariage, qui avait rétréci, à moins que lui-même n'eût grandi à force de planter sa longue silhouette dans la terre, glissait une cravate sous une chemise dont le col se rebiffait et sortait sous la pluie sans sa casquette. Il partait ensuite pour les hameaux, enlevait les vieillards blottis derrière une fenêtre et les entassait à l'avant de son pick-up, comme il entassait naguère encore ses ouvriers ou ses chiens. Il faisait plusieurs voyages dans l'après-midi, atteignant des hameaux perdus et, au-delà des hameaux, des maisons posées dans le brouillard des crêtes. Le chemin de retour était assez long, les brumes descendaient assez bas, enveloppant la voiture dans une nuit grise d'où émergeaient les fougères dressées sur les accotements, et les passagers étaient assez muets, assez inertes, endoloris peut-être, pour qu'Anselme eût le temps de dire à ces derniers le nom du candidat qu'il convenait de choisir. Anselme n'avait pas oublié qu'avant d'être patron il avait été ouvrier. Il votait communiste depuis toujours, sans se soucier des secousses de l'Histoire qui avaient discrédité le Parti, sans se soucier des filatures de la vallée qui avaient fermé l'une après l'autre, des ouvriers qui mouraient, plantaient de la vigne, se faisaient taxis ou commerçants, sans se soucier du vote communiste qui s'était effondré comme un vieux mur. Anselme conduisait en appliquant successivement son mouchoir sur le pare-brise couvert de buée et sur le mouvement impeccable de ses cheveux brillants. Il jurait en patois contre la pluie, contre le petit entrepreneur qui appliquait un peu de mauvais ciment sur les nids-de-poule. Il s'emportait aussi contre les jeunes du pays qui étaient partis, contre les hippies qui avaient repris les terres pour y lâcher des chèvres, contre moi qui lâchais mes élèves dans la nature, contre le maire qui avait dépensé dix mille francs pour un chien reclus dans une cave, contre les nuages du ciel et les avions qui passaient dans les embellies. Le monde d'hier se défaisait sous ses yeux. Le Parti et le lointain grand frère qu'il admirait raisonnablement, sans effusion ni boursouflure, ignorant que la

Révolution n'eût vu en lui qu'un odieux koulak, montraient les premiers signes de leur effondrement à venir. Anselme s'accrochait à eux, non qu'il souhaitât un monde meilleur pour les siècles à venir, mais parce qu'ils représentaient curieusement la douce étoffe dans laquelle il tenait enveloppé toute sa vie, et s'il emmenait désormais à l'assaut des urnes de véritables ermites, quelques hallucinés que l'on n'avait pas internés ou encore des centenaires qui survécurent dix jours à leur enlèvement, il ne croyait plus à rien.

Il était aigri et las. Il sortait de moins en moins car il avait épuisé ses provisions de maïs ou les gardait pour sa consommation personnelle. Sa maison, qui n'avait pas reçu le moindre coup de truelle et ne devait jamais en recevoir un seul, devint une proie pour les inondations à venir. Déjà, les dernières pluies avaient poussé une boue noire qui renversa la barricade de fortune appuyée sur les pilotis et si elles n'inondèrent pas le jardin des voisins, ce fut parce que l'ancien gendarme, pour sauver son potager, avait élevé des digues. Anselme souffrait de ne pas avoir eu le fils providentiel à qui il eût transmis sa petite entreprise de maçonnerie et sa maison vide. Comme il n'avait aucun projet pour son existence à l'agonie, il en conçut un pour son argent. Si sa femme ne lui avait pas donné d'enfant, son beau-frère et sa belle-sœur avaient eu une fille que tous quatre élevèrent dans la religion de l'argent, c'est-à-dire de l'abstinence, et qu'ils poussaient depuis des mois sur la route de Lamalou. Les quatre adultes avaient convenu, en se penchant vingt ans plus tôt sur le berceau du bébé, que celui-ci connaîtrait la fortune qu'ils étaient en train d'entasser à condition que tout cet argent amassé à force de travail et de privations vînt à l'héritière le plus tard possible. Aussi, vingt ans après, riche de son seul certificat d'études, celle-ci faisait des ménages dans un institut médicalisé, rendant ponctuellement sa paie à ses parents, sourde aux rumeurs, heureuse dans sa pauvreté consentie. Anselme espérait vivre assez vieux pour que sa nièce eût atteint l'âge canonique au-delà duquel tous les appétits en elle fussent morts et que sa fortune eût trouvé ainsi non pas une héritière mais une tombe.

13

Personne, ici, n'avait abandonné le dernier souffle de ses parents sur le drap marqué au chiffre d'un hôpital. Il fallait que les vieillards vinssent faire leur agonie dans la maison familiale et, quand les Roudière enlevèrent leur aïeule à l'hospice où elle demeurait depuis longtemps, les infirmières, à qui on avait joué pendant des mois la comédie des lamentations et des étreintes et qui avaient appris à parler à des malades mais pas à des bandits de grand chemin, se dressèrent, stupéfaites, avant de les laisser partir sans un mot. La mourante fut conduite dans une chambre du dernier étage, malgré les courants d'air et un escalier sombre et étroit. On la coucha dans un lit réservé aux seuls mourants depuis deux siècles, autour duquel commença une longue veille qui ne fut ni le temps de la dévotion ni celui du recueillement, mais le temps des bassines tenues bien droites et des humeurs soustraites, de ces petits riens pris aux mourants quand le corps contenait tout au plus des ossements déjà secs et leur tête trois ou quatre images d'une enfance au-delà des guerres. D'épuisants soubresauts arrachaient à la vieille femme quelques mots que les proches n'écoutaient pas. Tais-toi, maman, tu te fatigues, disait l'aînée de ses filles, alors que de fins trésors miraculeusement renfloués s'évanouissaient dans un soupir. La vieille femme ne bougeait plus, non qu'elle n'eût soin d'obéir à sa fille, mais parce que ces murmures avaient réclamé l'emploi de ses dernières forces. Les enchantements secrets de sa vie étaient-ils encore attachés à sa mémoire, à sa conscience ou dérivaient-ils comme les éclisses d'un navire rompu ? Au seuil de la mort, les vieillards subissaient le feu des souvenirs, les hommes revoyaient un instant la terre ouverte par les obus et les femmes la lumière des soleils antérieurs à leur servitude. Mme Roudière, l'ancêtre arrachée à son cathéter, à son flacon d'eau glucosée, blottie dans l'empreinte des siens, sur le vieux matelas de laine, avait elle aussi de rares moments de lucidité pendant lesquels elle faisait le décompte de ses tracas, de ses malheurs. Ses sœurs, ses nièces, ses petites-filles, ses filles ne la quittaient pas. Il y avait toujours cinq ou six personnes dans la chambre. Le reste de la famille était attroupé sur le trottoir ou devant l'épicerie. Bien sûr, la vie continuait dans les maisons voisines et au-delà, mais le village tout entier attendait le trépas. Les arrière-petites-filles de Mme Roudière venaient à l'école. Elles ne disaient rien mais leur maman parlait. Aux autres parents, à moi… C'était la fin. La vieille femme allait mourir chez elle au moment où mon père avait quitté sa maison pour une chambre d'hôpital. Il était devenu un malade anonyme que brûlait le feu des chimios. Il restait de longues journées tout seul car les soins étaient nombreux et demandaient du repos. Aussi, les visites étaient-elles courtes et espacées pour que la tyrannie des médecins pût s'exercer sur lui sans entraves. Il existait encore, mais si peu…

Mme Roudière succomba à l'accumulation des lessiveuses charriées à bout de bras sur le feu des fourneaux, à l'interminable portage des draps incomplètement rincés, aux grossesses incessantes, interrompues par les fausses couches, détruites par les enfants mort-nés. Elle succomba aux courants d'air de janvier qu'elle avait affrontés sur le trottoir conduisant à l'épicerie et dont elle s'était protégée en chiffonnant le tergal de sa blouse sur sa poitrine, avec ses poings fermés, inutiles. Elle succomba surtout à l'orgueil des hommes ou, plutôt, d'un homme, le sien, parti avant, comme il se devait, et pour le repos éternel duquel elle avait charrié son lot de bassines, grimpé cent fois l'escalier du troisième étage et les marches bancales, au bois vermoulu. Enfin, elle succomba un peu plus vite que les autres, parce que les étés étouffants et moites étaient plus terribles aux vieillards que les rudes hivers, et, avant de succomber, elle reçut à son tour les mains de ses filles sur son front brûlant, elle froissa les draps qu'elle avait autrefois reprisés, elle rouspéta aussi, avec ce qui restait de souffle, et pour la première fois de sa vie. Elle rouspéta pour dire qu'il manquait à son chevet la petite dernière. La petite dernière n'était pas une des deux arrière-petites-filles que l'on allait chercher à l'école pour les conduire auprès d'elle, la petite der nière était la plus jolie des jumelles que la fille aînée avait eues quinze ans après sa deuxième fille. C'était la petite dernière parce qu'elle était la plus attentionnée avec sa grand-mère quand celle-ci avait encore quelques dents pour les gâteaux du dimanche, quand ses yeux pouvaient déchiffrer la légende inepte des photos de la page locale du journal. Mais à l'instant où l'agonie de la grand-mère allait s'achever, la petite dernière, que l'on cherchait partout, avait son premier été dans l'herbe collée, le premier été avec la joue d'un garçon glissée sur sa tempe et son prénom murmuré dans le creux de l'oreille par des lèvres humides et fraîches. Elle ne pensait pas à grimper jusqu'au grenier de la maison pour dresser au-dessus du lit écroulé le galbe impeccable et dur de sa poitrine tendue sous un tee-shirt. Aussi, fallut-il que les femmes déployées autour du lit hurlassent aux oreilles de la vieille femme impatientée que la dernière d'entre elles se trouvait sous bonne escorte, en d'autres termes dans la voiture des hommes, de son père ou de ses cousins, et qu'elle rentrait de Bédarieux avec des fleurs ou de l'eau de Cologne, en pensant à elle. Mme Roudière ne répondait rien car on l'avait remplie de tisanes qui n'avaient pas atteint son estomac vide et demeuraient dans sa bouche mal refermée. La fille arriva enfin. Quelqu'un la poussa dans les escaliers et l'abandonna dans l'entonnoir sombre qui conduisait au dernier étage. Cernée par la nuit, par des ombres qui armèrent sa main d'un flacon de parfum, la jeune fille était brûlante et sans voix. La laine rêche du chandail que l'on avait posé sur ses épaules grattait sa peau en sueur comme une ronce. Elle se hissa sur les marches fourbues de l'escalier et atteignit la chambre. Personne ne la suivit… La petite dernière s'approcha avec hésitation car elle craignait que sa grand-mère mourût devant elle. La mâchoire tordue la fit reculer. La grand-mère avait rassemblé ses dernières forces pour contenir dans sa bouche les torrents de tisane que refusait son ventre déjà mort. Elle ne reconnaissait pas la petite-fille qui se penchait, prête à déposer sur elle le velours de sa joue. Il restait à la vieille femme un peu de vie qui déclencha un prodigieux hoquet et poussa un long jet dru et nauséabond que la jeune fille esquiva comme une lame et dont elle arrêta les traits ultimes avec un pan de drap. La vieille femme se laissa frotter comme un enfant. La jeune fille avait oublié son rectangle d'herbe et le bruit de la rivière. Elle poussait le morceau de drap sur le visage de sa grand-mère, avec les gestes doux et efficaces qui faisaient les morts dignes, et emporta sans le savoir le dernier soupir, comme un papillon tombé à terre.

Les deux arrière-petites-filles furent absentes de l'école pendant deux jours. On avait attendu que l'aïeule eût disparu pour donner aux deux enfants une liberté qu'elles n'avaient pas réclamée. Les défunts, comme les héros de Verdun dont nous saluions la mémoire tous les 11 novembre, avaient besoin des enfants rassemblés. L'agonie de mon père arriva peu après, si rapide qu'il fut impossible de ramener celui-ci dans sa maison. La maladie qui l'attachait à son lit d'hôpital avait plongé dans ses chairs tant de sondes ou d'aiguilles, qu'en le prenant de force avec nous, comme avaient fait les Roudière, nous eussions emporté aussi un pan de mur ou de plafond. Les membres de la famille, qu'avait amusés cinq ans plus tôt mon arrivée dans une contrée tropicale à bord d'un vieux Fokker cahotant sur des pistes défoncées, s'étonnèrent que, miraculeusement épargné par les fièvres ou les animaux sauvages, j'eusse opté à mon retour d'Afrique pour un territoire peuplé de vieillards en veste de velours quand tous les garçons de la famille avaient vissé une plaque avec leur nom et leurs diplômes à l'entrée d'un immeuble de grande ville. Par bonheur, les gens de ma famille me laissèrent en paix car, si j'étais peu de chose dans la hiérarchie des hommes, si mes tentatives d'écriture n'étaient encore qu'une glose sibylline déroulée dans la marge de cahiers d'écolier dont ils ne savaient rien, j'étais au premier plan dans la prédilection que le malade avait pour les siens. Mon père mourut à l'hôpital, après une nuit pendant laquelle il dormit si bien, en montrant un visage si calme que tous les proches qui le veillaient rentrèrent chez eux. J'arrivai trop tard, le lendemain matin, pour voir le visage reposé. Un brancardier avait enfermé mon père dans un sac, l'avait étendu sur une civière qu'il poussait dans l'obscurité d'une ambulance, avec les gestes précis d'un boulanger enfournant son pain. On me désigna un guichet. Je vis une vitre, un bureau, la silhouette minuscule d'un employé installé entre deux rangées de casiers. L'employé avait posé ses mains et son menton sur le rebord de son bureau et regardait les objets dérisoires que mon père avait confiés à l'hôpital le jour de son arrivée et que l'on avait rangés dans un coffre. J'ignorais que l'enlèvement d'un corps imposait aux proches ce cérémonial de la levée d'écrou que j'avais vu dans les films policiers. L'employé fit le décompte méticuleux du trésor que j'allais emporter : une montre, une chevalière, des boutons de manchette, un portefeuille, et enferma le tout dans un sac plastique. A ce moment-là, je compris pourquoi Mme Roudière qui n'avait pas prononcé cent phrases dans sa vie, cent phrases à peine pour dire sa soumission et rien d'autre, pourquoi cette femme existait enfin, pourquoi son agonie avait été soustraite aux néons blafards et aux blouses blanches, pourquoi sa mort au milieu des siens, malgré le mauvais lit de bois, la poussière des greniers, était une mort dans la lumière quand la mort de mon père était un gouffre… Je m'assis à l'avant de l'ambulance, en ayant soin de regarder le pare-brise, de ne pas répondre à l'appel de l'ombre et du silence qui enveloppaient à l'arrière le vernis impeccable du sac mortuaire et je m'empressai de vider le sac plastique. Je fourrai tous les objets dans les poches de mon pantalon, avec ces gestes nerveux que j'avais, enfant, pour rassembler les billes gagnées ou les marrons lisses trouvés sur les sentiers. Tous, sauf le portefeuille que je gardai serré dans mes mains, un portefeuille au cuir déformé par le contact du corps, dans les replis duquel j'allais découvrir un secret dont je soupçonnai l'existence et dont je cherchai la trace en empilant carte d'identité, permis de conduire, carte d'assuré social, tous les papiers désormais insignifiants qui, la veille encore, rattachaient mon père à la communauté des hommes. Je trouvai d'abord un billet de deux cents francs que je pliai en quatre pour le glisser à l'arrivée dans la main de l'ambulancier et j'étais heureux de savoir que mon père avait réglé le pourboire de son dernier voyage en comptant large. Je trouvai ensuite une page arrachée à un carnet, pliée en deux, en quatre peut-être, comme le billet de banque, et, avant de l'ouvrir, je reconnus mon écriture qui avait forcé le papier par endroits. Ce n'était pas mon écriture, c'était l'écriture de l'enfant que j'avais été et, plus qu'une écriture, un poème en forme de sonnet inabouti et bancal que j'avais écrit vingt ans plus tôt quand j'écrivais plus mal que les enfants de ma classe, une ode à la montagne qui m'avait été dictée par la splendeur d'un glacier devant lequel mon père m'avait posé un jour, pendant l'été 1965. Mon père, qui avait convoqué pour mon avenir les diplômes, les galons, les honneurs, tous les éclats qui avaient insuffisamment brillé dans son propre passé, avait conservé le sceau fondateur d'un ouvrage que, vingt ans plus tard, j'échouais encore à mettre en forme. Mes premiers essais romanesques, maladroits et bavards, étaient oubliés quand ce papier arraché à un carnet, enfoui vingt ans dans les replis d'un portefeuille, surgissait, intact. Curieusement, je pensai à ces fêtes de famille, à ces anniversaires, ces réveillons de Noël à l'occasion desquels les portefeuilles, comme les briquets ou les livres, revenaient infatigablement dans l'amoncellement des cadeaux. Combien mon père reçut-il de portefeuilles pendant ces vingt dernières années ? Cinq, dix, douze ? Cinq fois, dix fois, douze fois, il partit à la recherche du papier plié en quatre et le changea de place. Comment savoir si, à chacune de ces manipulations, il déplia le papier pour relire la poésie…

14

Les anciens, raides et pâles dans le capitonnage blanc de leur cercueil, pressés comme des fruits, embaumés enfin, morts tout à fait, plongeaient dans la terre au milieu d'août, en d'autres termes l'été en son âge mûr, l'été vieillissant, privé d'air, empli de cris d'enfants, de fêtes votives et d'orages. Mais tous ne mouraient pas en août. Quelques-uns partaient en hiver, entourés de voisins qui veillaient sur eux depuis des mois, des années, riches de la maison enlevée à la barbe d'un neveu lointain et négligent et dont ils étaient déjà les propriétaires arrogants. L'hiver de 1986, trente ans après celui qui avait tué les oliviers, les figuiers, les ceps de vigne, ouvrit à son tour les cerisiers ou les pierres. Deux vieillards, que l'été n'avait pas emportés, ne moururent peut-être pas mais devinrent assez immobiles et durs pour qu'on les mît en boîte. Leur vie avait été celle des autres ici, une vie à côté de la vie, mais l'Histoire les avait touchés autrefois et l'Histoire c'étaient avant tout deux guerres dans le siècle. Les deux hommes étaient trop jeunes pour avoir fait la première et ils étaient entrés dans la seconde un peu par hasard et à leur corps défendant, ni lâches, ni héros. Seul, l'hiver de 1986 les avait rompus complètement. Sans lui ils seraient toujours adossés à un arbre ou à un mur, réduits à une silhouette dérisoire, insensibles à la chaleur, au soleil, à la soif, aux harangues des femmes dépêchées auprès d'eux. Le premier des deux qui disparut, M. Bousquet, avait hérité des vignes splendides et noyées de lumière au milieu desquelles trônait la maison où son père était né. Ayant choisi pour domicile la maison de son enfance, c'est-à-dire le territoire de sa mère, dans notre village, le fils dévot, orphelin à vingt ans, franchit tous les matins les vingt kilomètres qui le séparaient de la maison où son père mourut… Tous les matins de sa vie, sur une bicyclette… A la fin de la guerre, les Allemands en déroute, allant de village en village grâce à de l'essence volée aux pompistes ou puisée dans le réservoir des tracteurs, avançant par étapes dérisoires, s'impatientaient au point d'abattre les chiens qui coupaient la route, les buses qui barraient le ciel avec l'encre noire de leur vol. M. Bousquet passait quand même. Il n'était pas seulement fidèle à la mémoire des siens, inapte à la peur ou inconscient, il était pris dans le mécanisme des virages, des kilomètres qu'il dévidait comme un chapelet, jour après jour, et n'allait pas s'arrêter pour une dizaine d'hommes en uniforme. Ce fut ainsi que, accroché à un vieux vélo, son corps apprivoisé et sage comme jamais aucun chien, aucun oiseau ne le fut, glissa sans dommage dans le tamis des motocyclettes et des uniformes vert-de-gris et ce fut ainsi que le fils exemplaire rencontra, dissimulés entre les corniches abruptes et les forêts sombres, les partisans qui inventaient de formidables pièges. Bousquet ajouta des messages ou des munitions aux salades et aux oignons de ses potagers et devint un héros à son tour. Pour avoir plongé quelques semaines sa bicyclette dans le vacarme des moteurs ou dans le silence des guetapens, M. Bousquet reçut à la Libération le titre souverain de “chef du maquis” que chaque village adressa par la suite au meilleur de ses habitants, sans que l’on sût si celui-ci avait jamais donné un seul coup de feu, un seul ordre, s’il y avait eu, tapi derrière un talus, un homme à lui, armé de pierres ou de grenades et, attendant un ordre, un enfant prêt à courir dans le travers des vignes.

Le héros parcourut encore dix ou quinze mille fois le trajet qui avait fait sa gloire. On le trouva mort à mi-chemin de la maison de sa mère et des vignes de son père, tué par la routine, par l’usure, par une balle perdue, peut-être, qui tournait depuis plus de quarante ans au-dessus de lui, et qui tomba comme une pierre. On enterra le vieil homme avec les honneurs et, s’il n’y avait pas d’uniforme pour grandir son corps dans le capitonnage trop blanc du cercueil, il y avait assez de médailles plantées dans sa poitrine pour le tuer tout à fait, si, par malheur, on s’était apprêté à l’enterrer vivant… Les rigueurs du même hiver emportèrent peu après un second combattant, un homme massif et lent qui habitait une maison toute en hauteur, la maison des siens, à quelques mètres des vignes et des cerisiers qu’il abandonna en 1941 pour se battre en Syrie. Il y eut deux camps en Syrie : celui de l'honneur et celui de la honte, et assez de Français pour grossir les rangs de l'un et les rangs de l'autre. Les combats furent courts, le champ d'opérations lointain, alors que les privations, les drames s'étaient abattus sur la France. Aussi, le nom des héros et le nom des traîtres s'inscrivirent si loin, sur un sable que les vents effacèrent si vite, que le soldat Garenq, rentrant en France, avec son lot de blessures et de fièvres, mais bien en vie, fut accueilli tel un fils prodigue. La vérité des opérations de Syrie fut écrite plus tard, dans les livres, mais personne, ici, ne demanda rien parce que la Syrie, comme les rizières d'Extrême-Orient, était au-delà des limites du monde connu, elle n'existait pas, elle n'avait jamais existé… A aucun moment, pendant les années de vieillesse, l'ancien soldat de Syrie n'eut à parler de sa guerre puisque aucun vétéran, ami ou ennemi, ne retrouva sa trace. Il avait renoué avec la vie de ceux qui n'étaient pas partis et qui n'avaient pas de questions. Son engagement dans les troupes du Maréchal n'était plus une faute – en avait-il été seulement une, autrefois, aux yeux des autres ? – il n'était pas davantage un secret, à peine un souvenir, un caillou au fond de l'eau, invisible sous la vase qui le recouvrait.

Le soldat Garenq n'oublia jamais que Pétain était le vainqueur de Verdun. Aussi opposa-t-il ce titre incontestable aux questions que je lui fis un jour, quand, l'écoutant parler de la Syrie où il avait combattu et qui ne pouvait être à mes yeux qu'une contrée littéraire dans le sable de laquelle s'étaient enlisés quelques personnages des *Mille et Une Nuits*, je lui demandai qui se trouvait face à lui debout sur les dunes. Les forces de l'Axe ou les Alliés ? Le vieil homme s'emporta. Il n'avait pas la mémoire des uniformes. Il savait qu'il avait servi, qu'il avait reçu l'épreuve du feu, qu'il n'était pas un couard. Tout le reste, Vichy, les Allemands, les Anglais, la cinquième colonne, c'était une querelle d'historiens et, parce qu'il s'était battu, tout simplement, M. Garenq se rendit chaque année à la cérémonie du 11 novembre devant le monument aux morts. Personne ne contesta sa présence ni la place qu'il prit peu à peu dans la troupe clairsemée entourant le porte-drapeau. Il était grand, volumineux et on ne pouvait savoir si l'infime M. Bousquet, qui se tenait chaque année tout près de lui, était son ami ou son prisonnier. Mais leurs deux silhouettes collées dans le soleil, leurs deux ombres confisquées par l'ombre du petit jardin dominant le monument aux morts, disparurent au milieu des années quatre-vingts avec les derniers poilus de 1914 et furent remplacées par les conscrits de 1940 ou d'Algérie, qui allaient le matin du 11 novembre de village en village et que le maire de la dernière commune régalait d'un repas d'auberge. Il importait donc que la défection des anciens fût compensée par le nombre des enfants et, pendant longtemps, tous les enfants de l'école se rendirent devant le monument aux morts. Le 11 novembre n'était pas un jour de classe, il était le jour que les jeunes offraient à leurs aînés, une bouffée d'air pur pour les uniformes enfouis au fond des armoires, un dimanche sans messe pour les enfants du catéchisme, un dimanche de la

République. Seules, les femmes boudaient un peu. Elles se tenaient en retrait ou arrivaient en retard. Elles savaient qu'il ne pouvait y avoir autant de lumière sans une intervention divine et elles en voulaient au curé de ne pas s'agenouiller au milieu de l'esplanade, aux enfants de ne pas citer le nom de Dieu. Car les enfants parlaient. Ils disaient "mort pour la France" quand le plus grand de mes élèves prononçait le nom d'un soldat. Ça durait quelques minutes. La sympathie du village pour les enfants, douce et envahissante, arrivait jusqu'à moi et m'enveloppait lentement. Il m'eût été facile à ce moment-là de faire la conquête des femmes vieilles et disgracieuses pour la séduction desquelles un peu de religion était indispensable mais je n'avais pas envie de bouger, de parler à l'oreille des gens. Nous allions ensuite au cimetière. Les enfants couraient d'une tombe à l'autre. Ils n'avaient pas le souvenir des noms mais ils reconnaissaient l'inscription "mort pour la France" et déposaient un bouquet. Une fois les mains vides, ils quittaient les allées pour les clôtures et les murs chancelants couverts de mousse. Les femmes avaient laissé le cortège des hommes pour les caveaux de famille et enlevaient les chrysanthèmes fanés dans les vases remplis à Toussaint ou les brindilles de cyprès recouvrant le marbre des tombes. Elles avaient posé leur gilet, leur blouse et, agenouillées, en chemise, les cheveux dans les yeux, les bras volumineux et nus, elles grattaient le sol. Ce n'était plus l'heure des héros, ni celle des morts sans gloire, c'était l'heure des cyprès bien droits dans le ciel et des sépultures briquées comme le linoléum des cuisines. Mâchoires bien serrées, les femmes grondaient les enfants qui piétinaient les allées en faisant de la poussière. Je choisissais habituellement ce moment pour m'adresser à elles. Le mauvais moment. Elles parlaient, mais sans jamais détacher leur regard des enfants qui passaient au loin. Elles voulaient savoir pourquoi les parents ne venaient pas à la fin de la cérémonie pour chercher leurs enfants et elles marmonnaient des noms à peine compréhensibles. En réalité, c'était mon nom qu'elles s'efforçaient de taire en disant le nom des autres, mon nom qui allait éclater quelques secondes plus tard quand je serais au milieu des hommes. Comment pouvais-je laisser vagabonder les enfants, murmuraient-elles avec un regard pour les limites du cimetière ? A ce moment-là, elles parlaient assez haut pour être entendues mais je ne répondais rien car il m'était impossible de savoir qui, des enfants ou des morts, avait le plus à craindre les uns des autres… Et je partais avec les hommes en oubliant quelques élèves derrière moi. Par bonheur, des mamans arrivaient en trottant doucement sur le gravier. Je ne savais pas si elles allaient au cimetière pour remettre à neuf le caveau familial ou pour arracher leurs enfants aux fantômes et aux serpents. Je répondais à peine à leur salut car j'allais au café. En effet, que le maire fût libre pour le reste de la journée ou qu'il fût de corvée d'auberge, en d'autres termes que vînt son tour de gorger de purée et de bifteck haché les vétérans de toutes les guerres, il emmenait les hommes chez Achille. Il offrait des pastis à peine mouillés qui entraient comme une baïonnette dans le corps des anciens combattants. Les hommes du village ne disaient rien et le soleil brillait. Le 11 novembre était le seul jour de l'année pendant lequel tant de silence se mêlait à tant de lumière. Une fois par an, les hommes négligeaient les bavardages que leurs épouses déversaient sur mon compte et m'enveloppaient dans l'odeur écœurante de leur tabac. Tous ceux qui affirmaient volontiers que je n'avais jamais trois francs pour acheter le *Midi Libre*, ou que j'avais été assez bête pour prendre dans un élevage le seul chiot qui fût cardiaque, me parlaient ce jour-là avec des égards… Ce furent sept années pendant lesquelles je ne manquai pas un 11 novembre. Toujours le même soleil, les mêmes héros, le même maire, les mêmes discours. Les mêmes élèves aussi, ou, plus exactement, la même leçon apprise, la même phrase récitée, les mêmes bouquets… Pourtant, à la fin, le porte-drapeau changea. Le vieillard rougeaud et souriant qui faisait sa génuflexion devant le monument aux morts, en se désarticulant un peu plus année après année, en titubant sous son drapeau, le vieillard rougeaud et souriant disparut. C'était un authentique poilu que Vincent Auriol ou René Coty avait décoré, que le temps et les maladies avaient oublié et que l'on promenait avec mille précautions de Saint-Pons jusqu'à Lamalou-les-Bains depuis trente ans. Le porte-drapeau changea et ce fut un vétéran de la guerre de quarante qui le remplaça et qui s'engagea à tenir le drapeau bien droit dans le ciel pendant trente ans.

15

Le comput qui décidait autrefois des fêtes votives et des processions à la Vierge avait disparu dans le vent des pollens avec le merveilleux des contes et la charrée des lessives. Dieu n'était pas mort mais il y avait sur les deux versants de la vallée des fermes perdues que ses apôtres n'atteignirent jamais. Quand les derniers bergers succombèrent sans le secours de la religion, les bergeries tombèrent en ruine ou furent annexées par des marginaux que l'on apercevait au loin à flanc de falaise, sur des sentiers où des mules se tuaient. Les curés étaient trop vieux pour s'aventurer sur des serres obscures à la poursuite des hippies qui rejoignaient leurs éboulis avec une bouteille de gaz sur le dos et marchaient plus vite qu'eux. Ils vivaient dans le creux des vallées et regardaient le ciel sans voir les montagnes. Tapi à cent kilomètres de là, dans une ville protestante, l'évêque ne leur demandait pas d'évangéliser les pierres. Les paroissiens sortaient à peine de la nuit immense, une nuit de pierres, justement, et de châtaignes. La faim les avait rendus avares et tristes. Maintenant, ils avaient un poste de télévision qui leur montrait l'enfer du monde et des enfants de quarante ans qui pratiquaient l'adultère. Imparfaitement amarrés au limon de leurs origines, ils étaient encore debout mais pour combien de temps…

Le diocèse envoya dans le village des prêtres qui moururent de vieillesse ou d'ennui. La vertu des autres les avait peut-être tués car ils étaient arrivés à un âge où un peu de vice les eût consolés du néant de leur sacerdoce. Peu avant mon installation dans le village, l'évêque, qui avait usé tous ses prêtres et s'apprêtait à laisser ses ouailles sous l'exclusive surveillance de Dieu, se fit amener un colosse qui étendait ses grands bras dans des églises de la plaine où on l'avait pris pour un bûcheron. Quand Etienne apparut devant lui, aussi grand, aussi massif, aussi droit que Michel Strogoff, l'évêque lui attribua sur-le-champ plusieurs paroisses dans les montagnes. Le jeune prêtre arriva un dimanche et dit sa première messe. Il officia avec application, sans hâte, devant une assemblée que la curiosité, plus que la foi, avait attirée dans l'église et que déçurent les gestes mesurés et la voix douce du prêtre. Mais, si celui-ci était un agneau devant l'autel, ce fut un ours formidable qui grimpa en chaire pour le prêche. Le bois verni du petit escalier hurla sous les premiers pas et gémit ensuite ; il eût rompu si l'assaut n'avait été aussi rapide. La chaire était un étui trop étroit pour un tel géant et le dais qui claquait sous l'éclat de sa voix répandait dans l'assistance les coups d'un tonnerre inconnu. Les fidèles épouvantés, sans quitter leur chaise, se déportaient doucement et le lustre de leurs épaules endimanchées faisait une écume. Ils se rappelaient les histoires de curés vociférant du haut de leur chaire, évoquant le Paradis et promettant l'Enfer. Leur foi était rongée par les superstitions, menacée par les libres penseurs mais, pour intermittente ou fragile qu'elle fût, elle s'enflait au moindre prêche et, ce jour-là, la voix du jeune prêtre tonna plus fort que les voix du passé. Le prêtre avait probablement habité la forêt ou le désert car sa voix, qui avait parlé à Dieu avant de parler aux hommes, sonnait comme une forge. Ce dimanche-là, il ne fut pas question du salut des âmes, tout au plus des flammes que l'Enfer mêlait aux braises des étés, et le nouveau prêtre, qui était pompier volontaire, ajouta que, au premier hurlement de sirène, ses paroissiens devraient simplement – et ce furent les termes exacts qu'il employa – finir la messe sans lui.

Etienne grimpa sur les falaises et sur les arbres. A défaut d'être là où étaient les hommes, il fut là où était Dieu. Sa voix, qui retentissait en chaire, renouait pendant la semaine avec le silence. Elle rentrait dans l'ample carcasse du bûcheron d'où elle s'échappait parfois en de puissants ahans. Car le prêtre était resté bûcheron, ou encore moissonneur, braconnier. Il fut partout où son corps pouvait se déployer, dans les herbes, dans les torrents, sur les arbres, sur l'échine des bêtes et sur le ventre des femmes. Peut-être, s'efforçait-il d'atteindre la fatigue suprême qui devait le délivrer de la chair originelle et dévoiler l'âme pure que l'on devinait dans ses yeux… Dompté par les vents, par les hivers, par les corvées, Etienne se retrancha à regret dans le confessionnal. Mais il avait en horreur la vermoulure des bois de découpe, l'odeur des résines mortes, de l'eau de Cologne et des bérets mouillés, aussi prit-il la fuite et accepta-t-il d'arracher quelques péchés entre deux arbres, entre deux averses ou à l'arrière d'un camion. Il en fut ainsi pendant plusieurs mois. Les enfants du catéchisme apprirent avec lui à grimper aux arbres, à poser des pièges, et les mourants, dont les familles avaient réclamé l'extrêmeonction, recevaient sur le visage, au milieu de la nuit, les mains immenses du prêtre qui les eussent ressuscités s'il n'y avait eu les dévots embusqués, prêts à bondir.

Un peu d'argent, qui venait du ciel ou d'ailleurs, tomba sur les chapelles désolées et dans la brèche du toit effondré de l'église. Les travaux de réfection réclamèrent de longs mois que le jeune prêtre passa dans les grands vents ou dans les flammes, évangélisant des moutons estropiés, arrachant un lièvre à l'embrasement d'un maquis. Le prêtre n'entra jamais dans l'église reconstruite. Il était trop jeune, trop large, trop agité pour les paroissiens immobiles de notre vallée et l'église était désormais trop neuve, trop fragile pour endurer la voix puissante de ses prêches. En réalité, l'évêque cherchait des prêtres pour un diocèse d'Afrique et rares étaient les colosses tels qu'Etienne, capables de creuser des puits et des égouts au milieu du Sahel. Le jeune homme fut un grand bâtisseur sur un territoire étendu comme une province de l'Ancien Régime. Il s'enfonça si loin dans les terres brûlantes qu'ici, sa silhouette massive ne fut bientôt qu'un souvenir, une ombre. Son successeur ne quitta jamais le presbytère pour partir à la rencontre du Messie dans les genêts ou dans la poussière des sentiers, pour se hisser sur la cime des arbres et contempler l'œuvre du Créateur. Le nouveau curé entra hardiment dans les maisons, s'assit au milieu de ses ouailles attablées, refusa un verre de vin, un morceau de gâteau. Il réclama des confessions extravagantes à des mourants qui n'avaient jamais rien tué d'autre que des mouches ou des sangliers. Il découvrit des enfants naturels et des unions illégitimes, courut vers les fermes perdues et les hippies disséminés. Il arriva à l'école, où je le reçus de mauvaise grâce, car je le soupçonnai de vouloir s'emparer de ma fille qui vivait depuis cinq ans dans l'ignorance du Ciel et de la baptiser de force. Mais il avait seulement un service à me demander : soulager son office en acceptant le dépôt des livres du Bibliobus dont se chargeait habituellement son prédécesseur. Les travaux à l'église et au presbytère avaient fait surgir une quantité de caisses qu'il entreposait un peu partout. Il ne pouvait se résoudre à jeter ces vieilleries qui avaient ainsi remonté à la surface du chantier. Il était un peu collectionneur, me confia-t-il. Il ne voulait pas passer à côté d'authentiques merveilles. Pour tout dire, il n'avait pas de place chez lui pour les livres des autres. Et il me regarda longuement… Comment pouvais-je refuser de distribuer des livres aux gens ? J'acceptai, soucieux de mettre un terme à l'entretien. Le nouveau curé n'avait pas, comme l'ancien, des ailes pour grimper sur la cime des arbres, il n'avait pas, comme moi, la curiosité des sentiers perdus et des points culminants. Il ne quittait le presbytère que pour l'église. Le toit de celle-ci ne tombait plus sur les paroissiens, les vitraux avaient été réparés et un grand poêle planté au milieu de la nef. La messe durait une heure désormais et le catéchisme rassemblait le mercredi la moitié de mes élèves à qui la femme de ménage distribuait des images pieuses, de la limonade éventée et des Mon Chéri exsangues. Le curé consacrait le reste de son temps au déballage des caisses arrachées aux démolitions et à la recherche de trésors inattendus ou de grimoires à déchiffrer. Les curieux, les importuns, les grands pécheurs réclamant l'absolution étaient très mal accueillis quand ils arrivaient sans crier gare et le chauffeur du Bibliobus, à qui était confié, en plus du camion, le stock des livres à récupérer et celui des livres à prêter, fut éconduit comme un courtier en assurance vie, avec des grognements qui le poussèrent jusqu'à l'école.

Le camion du Bibliobus quittait Béziers tous les mois, croulant sous les livres comme les voitures attelées croulaient autrefois sous les tonneaux de vin, et remontait les gorges de l'Orb. A chaque étape, il laissait des ouvrages et en reprenait une telle quantité que, sur les routes menant aux hautes vallées, il avançait au pas, hurlant et ahanant, rompant un essieu tous les deux ans. Le chauffeur occupait les haltes à l'inspection minutieuse de son véhicule. Il redoutait les nids-de-poule et les accotements fragiles, les averses subites, les tempêtes de neige. Il redoutait le hameau perdu où il dormait tous les deux ans, quand l'essieu rompait enfin. Il redoutait plus que tout les soirs d'hiver pendant lesquels les éléments allaient comploter avec la mécanique pour le contenir une semaine dans une grange. C'était déjà arrivé, jurait-il, quelque part dans le Cantal ou dans les Hautes-Alpes... Le jour de son premier passage, il était en colère contre moi qui l'avais fait attendre, contre le curé qui l'avait renvoyé sans un mot d'excuse, contre le camion dont le moteur avait brûlé un litre d'huile, contre les vents tourbillonnants et chargés de nuages. Le Bibliobus était une longue remorque surmontée de deux coupoles en plexiglas qui posaient une lumière douce sur les rayonnages. Le chauffeur faisait les cent pas sur le gravier en fumant des cigarettes et s'impatientait. Sa vie n'était pas dans les livres, ni dans le supplice des intempéries, mais dans la petite maison tiède qu'il avait construite quelque part au bout d'un lotissement de banlieue et qu'illuminaient les retransmissions télévisées des matchs de football. Il y avait sûrement une rencontre splendide ce soir-là... Je n'entendis pas les remontrances qui m'accompagnèrent quand je montai à l'arrière de son camion. J'avais hâte de dénicher les chefs-d'œuvre que je n'avais pas encore lus et ceux que je voulais mettre à la disposition des lecteurs du village, mais l'accès aux livres était malaisé à cause des câbles tendus en travers des rayonnages pour prévenir les chutes pendant le trajet. Les livres étaient issus d'éditions archaïques que trois générations de relieurs avaient entourées de carton et de toile encollée. Le titre et le nom de l'auteur, gravés sur le dos, avaient reçu si longtemps le frottement des mains ou celui des ficelles qui protégeaient le livre des roulis du trajet que l'on n'en pouvait rien savoir. J'avançai lentement dans la rangée, ouvrant un livre au hasard, prenant mon temps, comme à la librairie. Je m'attardai sur les illustrations que le relieur avait découpées et recollées sur la première de couverture, sur les biographies d'auteur que le même procédé avait portées sur la quatrième de couverture, sur les commentaires de l'œuvre qu'un inaccessible comité de lecture avait insérés dans quelques livres, sur le règlement du Bibliobus qui faisait face à la page de titre, qui la recouvrait parfois à tel point que certains ouvrages n'ayant plus qu'une cote marquée dans un angle étaient devenus pratiquement anonymes. Enfin, une notice précisait qu'il était interdit d'emporter le livre à la plage… Un livre à la plage… Quelle fantaisie pouvait donc arracher à cette prison des bouquins aussi tristes pour les prendre à la mer ? Et qui, dans des villages tels que le mien, avait un jour fait le projet insensé de s'allonger presque nu au bord de l'eau, de tenir un livre bien droit face au soleil avant de l'écarteler comme une carcasse de volaille sur une serviette de bain et de laisser des grains de sable entrer dans la reliure ?

Le chauffeur mit brusquement fin à mes recherches en désignant un carton au fond de l'allée. C'était la pile des livres à lire qu'un employé de la bibliothèque centrale avait préparés la veille pour la population du village. Des romans populaires signés Slaughter,

Delly ou Guy des Cars. Ma présence dans le Bibliobus était à peine utile et ma curiosité, superflue. D'ailleurs, les gens d'ici ne lisaient pas. En six ans d'errance dans la commune, je n'avais pas vu un livre. Je pris le carton et, quand je posai sur celui-ci une pile de bons livres le chauffeur se mit en travers. Un emprunt supplémentaire n'était pas prévu, me dit-il en s'emparant des livres, et il y avait pour ce faire des formalités qui ne passaient pas par lui. Je n'avais qu'à écrire au bureau pour réclamer une dotation supplémentaire de livres…

Ce ne fut pas nécessaire. Les gens du village ne lisaient pas, ne lisaient plus. Mais il y avait encore, choisis dans un bureau de sous-préfecture par un fonctionnaire appliqué, des romans ineptes et sans vie, qu'un camion fourbu emportait sur les routes. Ainsi, il n'importait pas seulement que la littérature ne fût rien dans les cantons de montagne, il fallait aussi que subsistât, maintenant que personne ne lisait plus, la trace des procédés mis en œuvre autrefois pour faire lire tout le monde.

Les derniers lecteurs : deux vieilles filles bigotes, deux sœurs que je n'avais jamais vues parce qu'elles vivaient recluses à l'autre bout du village, tout près du presbytère et qui traversèrent la grand-rue, minuscules et ensommeillées. Le chemin était long de chez elles à l'école où je rangeais les livres prêtés. La cadette marchait en tête. Ses bras croisés lançaient devant elle le poids de sa poitrine, augmenté du caparaçon formidable que la toile de son corsage, la laine de son chandail, la toile de sa blouse dessinaient entre la peau inexplorée de son corps et l'air tiède de la rue. L'aînée arrivait ensuite, pelotonnée sur elle-même. Elle n'avait plus qu'un bras, le droit. Du gauche, il ne restait rien, pas même un moignon. Elle avançait en faisant de petits bonds. Pour redresser ses lunettes qui glissaient sur le nez, elle était obligée de poser son panier et subissait alors les remontrances de sa sœur impatientée. Elle fit les derniers pas dans la souffrance. Ces trois cents mètres l'avaient épuisée, détruite, démembrée comme un insecte que des enfants ont attrapé. Son corps eût sombré sous terre s'il y avait eu une fosse à cet endroit. Les deux femmes se retrouvèrent tout près de moi, devant le petit portail qu'elles n'osèrent franchir. Rien ne trahissait la fièvre et la fatigue qui les avaient accompagnées jusqu'ici. Les deux sœurs blotties l'une contre l'autre n'avaient pas seulement uni leurs vies, elles avaient assemblé leurs silhouettes en greffant la corpulence de l'une sur le décharnement de l'autre, en mêlant la trame usée du manteau de l'aînée au repli des étoffes qui débordaient le buste de la cadette. Elles quittaient l'école avec leur panier rempli de livres et formaient un curieux monstre siamois qui se déployait bizarrement dans la rue en prononçant des mots incompréhensibles à voix basse.

16

Le nom de Serge ne fut jamais accolé à celui des artistes illustres, mais, s'il n'écrivit pas, comme ces derniers, le refrain qui l'eût rendu immortel, le chanteur publia à la fin des années soixante un 33 tours dans une prestigieuse maison d'édition. Le disque n'avait pas eu assez de succès pour enrichir son auteur ou pour encourager l'éditeur à travailler de nouveau avec celui-ci, mais il permit à l'artiste de trouver des engagements et de subsister pendant des décennies. Peu à peu, les salles dans lesquelles il se produisit furent si petites que les cachets de ses récitals ne purent payer les déplacements dans des provinces perdues. Quand il eut écoulé tous les disques rachetés à Barclay et qu'il empilait d'ordinaire sur une petite table au pied de la scène, à chacun de ses tours de chant, il comprit que, nu comme le jour de sa naissance, il allait sous peu basculer dans le néant. Aussi, conserva-t-il soigneusement l'ultime exemplaire de son œuvre et afficha-t-il sur la même petite table, comme un trophée qui n'était pas à vendre, le disque dans sa pochette carrée, de trente centimètres de côté, avec son visage d'homme dans son jeune âge, cadré serré sur fond de branchages. Le disque épargné traîna sous la lunette arrière des voitures et commença à gondoler. La photo de la pochette, ayant reçu le poids de dix automnes, jaunit, se fana. Serge ajouta à son répertoire des airs d'avant-guerre et chanta dans les maisons de retraite. Il courut les routes à bord de voitures qui tombaient en panne et consacra deux ans de vagabondages à dresser le catalogue insolite des panneaux de signalisation plantés aux abords des villages avec la mention "attention école". Il fixa sur diapositives des silhouettes d'enfants par centaines et le petit théâtre qu'il en tira lui ouvrit les centres de vacances et les campings. Serge avait accumulé des géants et des bossus, des nains, des tresses, des cartables et des paniers, il faisait défiler les clichés à toute vitesse, s'attardait sur les plus cocasses. Cette œuvre futile en apparence fut la seule tâche à laquelle il se consacra avec assiduité. Elle ne lui rapporta ni argent, ni renommée. Le chanteur oublia sa gloire ancienne et les chansons qu'il avait écrites par passion, il oublia le public de malentendants pour lequel il chantait maintenant les chansons des autres. Il prit goût aux rires déclenchés par les silhouettes projetées et ses commentaires furent bientôt plus drôles que les photos. Il ne chantait presque plus mais il parlait, parlait…

Son carnet d'adresses ne lui fut d'aucun secours quand les premières défaillances de sa santé l'obligèrent à suspendre les représentations. Sa trace fut perdue. On ne sut jamais si le directeur d'une maison de repos, quelque part dans le Morvan ou les

Ardennes, avait offert à l'artiste une place de cuisinier, de jardinier ou si l'épouse légitime, abandonnée vingt ans plus tôt, avait consigné l'épave du chanteur, chez elle, avant de la remettre à flot. Serge devint probablement hippie, braconnier ou patron d'auberge. Un chanteur célèbre lui offrit enfin son amitié et l'hébergea pendant de longs mois, loin de sa femme. Puis, Serge rentra au pays. Il voulait rejoindre l'espace sans limites de son enfance, les plateaux rudes et froids où les vents avaient précédé les hommes. Serge n'avait pas cinquante ans et en paraissait soixante. Il en avait assez de sa guitare et des routes infinies, des gens qui riaient de ses blagues et de ses photos. Ses voisins du hameau des Cambous firent pourtant le siège de sa nouvelle maison. Serge les reçut sur le perron et, s'il se montra aimable et bavard, il ne répondit pas encore aux questions. Pour l'heure, il rentrait d'Ardèche où Jean Ferrat l'avait aimé comme un frère et il avait hâte de mettre de l'ordre dans ses papiers, de retaper la vieille maison de son beau-frère, d'acheter un fusil, de se faire accepter dans une diane. Plus tard, les voisins prêtèrent de l'outillage ou des cartouches. Le chanteur ne faisait entrer personne chez lui mais il rassemblait tout le monde sur le petit parvis devant sa porte où il s'animait comme un chien de ferme, comme un singe. Il racontait les gens qu'il avait croisés à Paris et ailleurs, les paysages lointains, les avions de ligne. Il courait sur le gravier en faisant de grands gestes. Il s'arrêtait à d'imaginaires bornes. Il regardait le ciel, la barre toute proche du plateau. Il suffisait d'un nom prononcé par un voisin pour qu'une dynastie de bûcherons, de cultivateurs ou de chasseurs prît soudain place dans la conversation qu'il poursuivait en patois. Serge raconta sa naissance dans une ferme du plateau, les troupeaux perdus, les opposants à Napoléon III que ses ancêtres avaient recueillis, dissimulés sous des pierres, sous des genêts. Enfin, les amours de sa vie firent de somptueux chapitres. Il en parlait si l'air était doux, si le ciel ne menaçait pas. Il avait besoin d'un peu de temps et ne voulait pas être interrompu. D'ailleurs, il ne pouvait pas tout raconter. Trop long, trop d'histoires, trop de femmes. Trois cents, au moins. Trois cents femmes. Sans compter les autres, les filles qui se faufilaient dans les coulisses après le tour de chant et qu'il n'avait même pas remarquées. C'était le bon temps, avouait-il en regardant successivement le visage de ses voisins et les nuages dans le ciel. A cette époque-là, il avait à peine trente ans et il n'était pas tel qu'on le voyait là, nippé comme un vendeur de peaux de lapins, un peilharot. Il se rasait tous les matins. Il mangeait à la table des vedettes. Pendant les tournées, il laissait dans les restaurants sa photo dédicacée que l'on glissait sous le miroir du bar. Serge parlait ainsi pendant des heures… Le pouvoir qu'il avait sur les hommes se nourrissait certainement de la séduction qu'il avait exercée sur les femmes. Les voisins le pressèrent en vain de chanter quelque chose et, quand ils insistèrent, Serge rentra chez lui, ouvrit la seule fenêtre du rez-de-chaussée, prit un disque, son disque, le vieux 33 tours qu'il avait oublié sous la lunette arrière de sa voiture pendant quinze ans et le posa sur un pick-up. La voix du chanteur et l'accompagnement étaient à peine audibles car le bras du pick-up se soulevait au-dessus du disque gondolé à la façon d'un bateau pris dans les vagues. Serge répétait les paroles des chansons dans un murmure que ses amis ne pouvaient entendre. Il ne passait pas le disque pour eux, mais pour lui… Par la suite, le chanteur grimpa sur le toit pour changer quelques tuiles, il fit l'ouverture de la chasse avec des voisins, tailla quelques pieds dans une vigne presque verticale et projeta ses photos à la mairie dans la salle du conseil. Enfin, après avoir participé aux premières battues de l'hiver, après avoir montré les silhouettes d'enfants hâtivement peintes sur les panneaux de signalisation, en répétant les bons mots qui avaient fait rire des dizaines de vieillards édentés, après avoir passé un premier Noël avec les siens, dans la maison de sa sœur et de son beau-frère, entre le cimetière et le transformateur, le chanteur se cloîtra. Il avait entassé chez lui du bois et de la nourriture pour dix hivers. Le froid contenait les voisins chez eux. On ne frappait plus à sa porte pour lui demander des histoires. D'ailleurs, la curiosité était un peu retombée. Jour après jour, Serge avait fini par tout dire. Aucun promeneur, aucun marchand ambulant ne grimpait au hameau des Cambous quand le vent poussait sur la route la neige du plateau. Le chanteur ne croisa personne pendant plusieurs semaines. Finalement, son hibernation prit fin avec l'arrivée de Sabine dans le hameau. La jeune femme venait chercher de l'osier pour ses paniers dans les recoins humides plantés de jeunes saules. Elle ne craignait ni le froid, ni les bourrasques et connaissait les sentiers mieux qu'un chasseur. Un chien, qui était un cadeau du temps de son enfance, passait devant elle en ouvrant un chemin dans les genêts ou les fougères. La solitude et les années avaient rendu la bête suspicieuse et les habitants du hameau saluaient la jeune femme sans s'arrêter. Ils ne comprenaient pas pourquoi celle-ci attendait l'hiver pour couper des joncs, pourquoi elle attendait la nuit pour redescendre dans la vallée. Un soir, la voiture de Sabine refusa de démarrer. Les hoquets du moteur attirèrent sur la place les hommes du hameau. Il suffisait de pousser la voiture sur une centaine de mètres pour trouver la descente. Mais personne n'osa approcher car le chien allait de la banquette avant à la banquette arrière avec des sauts puissants et maladroits, en hurlant, en frappant le museau sur les vitres et sur le pare-brise, en montrant les crocs. Serge sortit de chez lui. Il était ensommeillé, hirsute et silencieux… Tout le monde sut le lendemain, dans le hameau, puis dans le village, que le chanteur avait dompté le chien en appliquant une main ouverte sur les vitres avant de se mettre au cul de la voiture pour précipiter dans la vallée Sabine, la bête pétrifiée et le chargement d'osier.

Sabine revint aux Cambous dans la petite voiture que son mari avait réparée. Les gens du hameau avaient mis leur visage dans les rideaux mais la jeune femme négligea la maison du chanteur et s'enfonça dans un sentier. Il y eut des soupçons, bien sûr, car

Sabine était jeune et le chanteur avait eu trois cents femmes, et ces soupçons suffirent à faire souffrir les Rouverand, qui avaient marié leur fils Laurent à Sabine deux ans plus tôt. M. Rouverand se posta dix fois à l'extrémité de son jardin en pente qui touchait le premier virage de la route conduisant au hameau. Dix fois il vit passer la petite voiture, dix fois il reçut le regard de sa belle-fille comme une lame. Par ce regard, pensait le vieil homme, la belle-fille signait sa faute. Pour lui, pour sa femme, il n'y avait pas de doutes, Sabine allait rejoindre l'homme dans sa tanière. Le reste de la famille essaya de persuader le vieux couple que, par ce même regard, la belle-fille innocente s'amusait avec les soupçons des autres et que les femmes adultères n'avaient pas le regard hardi de Sabine. D'ailleurs, il n'y avait pas de femmes adultères dans la vallée, il n'y en avait jamais eu… L'histoire du hameau des Cambous fut le premier désordre dans la vie des Rouverand qui avaient de la santé, un peu de terre, un peu d'argent et beaucoup de religion. Peut-être fut-ce la lumière divine qui aveuglait leur fils car celui-ci ne vit pas la petite voiture s'engager sur le chemin du hameau des Cambous, il ne vit pas le visage fermé de ses parents, la démarche souple du chien, le sourire tendre de sa femme. Il ne voyait rien. A vingt-cinq ans, Laurent, riche de ses deux mètres introduits chaque dimanche dans les mêlées d'un match de rugby, de ses deux poings puissants, larges et jamais refermés, Laurent était un enfant. Aussi eut-on soin de le garder au village et de lui trouver un emploi dans l'atelier de mécanique adossé à la gare désaffectée que le maire avait créé pour l'entretien des camions de pompiers des casernes avoisinantes. Laurent enfouissait ses grandes mains dans le ventre noir des moteurs et passait les journées sans un mot, sans un regard pour Gaby Molinier, l'oncle de Gaétan qui l'avait précédé dans la sciure gorgée de cambouis et qui était son chef, un chef sans ordres et sans orgueil. Les deux hommes paisibles ressemblaient à deux animaux heureux d'avoir trouvé une cage et ils mettaient tant de soin à frapper sur la culasse des moteurs, à plonger le bras dans la nuit des durits, que la vie des autres ne les atteignait plus.

Les parents du jeune homme n'avaient jamais pensé que le couple était heureux ainsi, lui dans l'ombre des camions et elle dans la lumière des sentiers, lui sans jalousie et elle sans vice. Et, si Sabine était coupable, si Laurent était désespéré, si le couple allait s'effondrer, il suffisait à leurs yeux que la renommée de la famille fût intacte. M. Rouverand excédé vint un jour au garage dire à son fils que Sabine était partie pour les Cambous depuis le matin et qu'il l'avait suivie jusqu'à la petite place où la voiture de la jeune femme était stationnée. Le vieil homme n'eut pas un mot, pas un regard pour Gaby dont la grosse tête rouge dépassait d'une fosse, pas un salut pour des inconnus en treillis qui attendaient près de la remorqueuse. Il voulait conduire son fils au hameau des Cambous où la petite voiture déshonorait la famille. Sans attendre. Peut-être pouvait-on aussi s'embarquer dans la remorqueuse et arracher la petite voiture de la place comme on enlève une tache. M. Rouverand était devenu fou. La remorqueuse n'était pas un jouet, d'ailleurs Gaby partait pour un dépannage. Les types en treillis attendaient depuis une heure. Laurent était toujours dans la fosse. Il ne voulait pas quitter ses outils soigneusement disposés sur les bords, l'énorme essieu en équilibre entre le camion et lui, son petit monde de sciures noires de graisse et de courants d'air. Pour faire sortir le fils de la fosse, le père reprit les mots qu'il avait autrefois pour nourrir de hargne le joueur entrant dans une mêlée. M. Rouverand se moquait de la petite voiture, de la belle-fille et du chien prêt à mordre. Il voulait simplement que son fils se présentât devant chez Serge et mît sa lourde carcasse en travers de la porte, qu'il y eût des injures, des cris, des coups, une de ces colères mémorables que la vallée avait connues deux ou trois fois dans le siècle et qui avaient réparé les couples, ressoudé les familles, sauvé les renommées. Les deux hommes s'arrêtèrent sur la place, tout près de la seule voiture garée, celle de Sabine. C'était un après-midi de semaine qui sentait le bois plongé humide dans les cheminées froides, une de ces journées interminables pendant lesquelles les bûches ne prennent pas feu, les vieillards à l'agonie ne peuvent pas mourir. Les gens du hameau qui avaient passé l'automne devant la maison du chanteur étaient peut-être morts et, s'ils n'étaient pas morts, ils étaient enterrés, dans leur cave ou ailleurs. Personne n'entendit les coups que Laurent porta sur la porte, des coups puissants, donnés avec le plat de la main, puissants et inutiles car la porte n'était pas fermée à clé. Le jeune homme entra et, au moment de repousser la porte derrière lui, chercha son père. Alerté par les hurlements d'un chien, le père s'était enfoncé dans le sentier où se mêlaient l'herbe, les genêts et la brume. Laurent hésita un instant à le suivre mais il était déjà dans la maison et les hurlements du chien s'étaient interrompus. La brume avait franchi une fenêtre entrouverte et s'écoulait dans la pièce du bas en glissant comme un serpent sur les pierres. La maison sentait le feu éteint et le tabac froid. Ce n'était pas une maison, à peine une grange, une cabane. Seule, une femme pouvait transformer en maison une bicoque aussi dépouillée… Et jamais une femme n'était entrée ici. Laurent sourit en pensant à la tapisserie au motif de fleurs de lys qui recouvrait les murs de sa propre maison, à la chaudière à gaz qu'il avait installée lui-même au fond du garage, à la cuisine, à la salle de séjour, à la chambre à coucher que sa femme et lui avaient meublées l'une après l'autre en reproduisant à l'identique le rez-de-chaussée du Conforama de Béziers. Une femme chez Serge ? Les femmes aiment la douceur, les planchers vitrifiés et les rideaux à dentelles accrochés à mi-fenêtre. Jamais une femme n'avait pu demeurer ici un après-midi, une heure, une minute. Laurent grimpa l'escalier étroit qui menait à l'étage. Il croyait que le chanteur dormait ici et qu'il usait ses journées sur le plateau, qu'il faisait un tiercé au PMU de Saint-Pons en buvant des bières avec des inconnus, qu'il allait partir sous peu, prendre une chambre chez sa sœur, retourner en Ardèche… Il se trompait. Serge était chez lui. La moins farouche des trois cents femmes qui avaient éclairé sa vie n'eût pas posé sa main sur le corps replié en chien de fusil comme le fit Laurent quand il se pencha sur le chanteur endormi. Serge ne sortait plus. Il dormait des journées entières et ne quittait pas son lit pendant la nuit. Il lisait des Série noire en se contorsionnant pour prendre un peu de lumière à l'ampoule qui pendait au plafond. Laurent renonça à le réveiller et s'en alla. Il y avait un attroupement à l'entrée du sentier. Un vieil homme que le chanteur avait séduit avec sa vie exposée comme un drap, avec les lumières de Paris, avec l'histoire des trois cents femmes, s'approcha, souriant et claudiquant, indifférent à la pluie qui pénétrait son vieux chandail. Tout allait bien, affirma-t-il. Sabine ne s'était pas perdue, elle était simplement descendue au fond d'une combe pour porter secours à son chien qui avait fait une chute. Elle était remontée avec la bête dans ses bras, une bête immense, lourde comme un homme.

17

Etait-ce vraiment un jeu, cette habitude qu'avaient les plus anciens de m'attraper par le coude pour me poser des colles ? Clovis, qui finissait à Mèze sa carrière de gendarme et rentrait seulement pour les week-ends, se mettait parfois sur mon chemin. Il prenait dans sa poche un morceau de papier et, sans le moindre salut, la moindre explication, me demandait comment s'écrivait le mot “rainette” quand il s'agissait d'une grenouille. Les autres, les petits vieux que je croisais plus rarement à l'entrée des sentiers, se gardaient de m'interroger, ils pensaient que je devais être bien ignorant pour préférer les pierres aux livres. Ils ne savaient pas qu'à toutes ces pierres je m'efforçais d'ajouter des livres que les éditeurs refusaient d'emblée comme ils eussent refusé les cailloux de mes sentiers si je m'étais avisé d'en faire des colis. Les anciens souffraient de tous les maux. Ils avaient des rhumatismes, des courbatures. De l'eau s'écoulait dans des organes qu'ils croyaient étanches. Certains mouraient et ceux qui ne mouraient pas prélevaient dans les émissions de télé la dose létale qui les endormait tout à fait. Il y avait de moins en moins de monde sur les sentiers. Les élèves et moi montions de plus en plus en haut. Un jour, après une heure de marche, les petites-filles de Borgniol me conduisirent à l'ultime jardin de la commune que leur grand-père avait annexé en remontant un petit torrent, à l'affût des écrevisses et des poules d'eau. C'était un domaine dans les pins sylvestres que le soleil pénétrait imparfaitement. Le vieil homme cultivait des carrés de salades et des aubergines au pied de talus bien exposés et commençait à retaper une vieille cabane. Il était debout devant un entassement de rondins et nettoyait ses lunettes en pinçant ses doigts moites sur les verres. Sans un regard dans la direction des filles de son fils pour lesquelles il était moins un grand-père qu'un loup, il m'expliqua qu'il vivait là comme un souverain et qu'il y avait dans la cabane, cachés sous des bâches, un fusil et une boîte de cartouches. Pour le garde. Car le garde montait jusqu'à ce jardin… Du calibre douze pour le garde ou encore pour le maire, les chasseurs des dianes voisines, les Américains, les avions qui volaient trop bas dans son ciel, les chiens errants ou les renards… Et puis, évoquant ses terres mal remembrées, son enfance dans les ruisseaux, ses rares voyages à la recherche de ses racines, il affirma que son nom n'était pas d'origine languedocienne, ni même espagnole ou catalane, mais italienne. Il cita des Borgniol compagnons d'armes de Garibaldi au XVIe siècle et me regarda comme me regardait Clovis quand il me laissait trente secondes pour révéler qui était Blanche de Castille. Un Garibaldi au XVIe siècle… ? Je savais que chaque siècle depuis Louis XIII avait eu son Richelieu et j'en déduisis prudemment qu'il pouvait en être de même pour des Garibaldi. Le vieil homme me regardait toujours fixement à travers le verre opaque de ses lunettes. Je ne répondis pas. J'étais décidé à ne rien dire. Je me demandai pourquoi des gens comme lui cherchaient à me piéger…

En réalité, Borgniol se moquait de Garibaldi, de ses petits-enfants, des instituteurs hésitants et tatillons, du garde, du maire et du monde entier. Seuls, comptaient la chasse, les chiens et le préféré de ses chiens qu'il tenait en laisse en décrochant une corde usée aux passants de son pantalon. Les autres bêtes de sa meute vivaient dans une remise en contrebas, mangeaient du pain trempé dans l'eau d'une bassine et se traînaient pendant la moitié de l'année dans la bauge de leurs ancêtres. Le matin de l'ouverture de la chasse, ils tournaient en rond devant la maison, agités comme des mouches. Ce n'était pas la liberté qui les rendait fou, c'était la lumière du jour. Leurs yeux éteints par la nuit des caves les aidaient à peine à trouver un chemin dans les broussailles mais leur flair, intact, était le principe auquel toutes les forces de leur corps étaient asservies. Les chiens filaient à toute vitesse vers les crêtes, à la recherche des vents et de l'herbe dure des landes et il y avait toujours dans la poitrine d'une vieille bête un cœur qui cassait comme une vitre. Chaque année, avant même d'avoir chargé son fusil, Borgniol découvrait un chien mort sur le chemin, mais il s'arrêtait rarement car les chiens n'avaient pas de nom et puis, avouait-il à l'intention de ses fils qui l'accompagnaient, ce n'était jamais qu'un chien.

Le vieil homme et sa famille vivaient dans une maison parée de rideaux graisseux et de volets gauchis. Les gens du quartier passaient au loin à cause des tuiles en équilibre sur le toit et des murs ronds et bardés de cerceaux comme des ventres d'abeille, prêts à rompre. Borgniol quittait la table, chaque soir, pour se rapprocher du téléviseur. Il augmentait le volume et se tenait tout près du haut-parleur, sans un regard pour les images qui défilaient, pour la mire qui s'installait au milieu de la nuit. Négligeant d'éteindre le poste, de tourner le bouton du volume, il rejoignait sa chambre, le corps gorgé de bruit, et réveillait sa femme pour lui dire qu'il allait la tuer. Toutes les nuits. Bientôt, la femme transforma son épouvante en maladie, puis en agonie. Une ambulance la conduisit à l'hôpital le plus proche où Borgniol se transporta à son tour avec ses imprécations et ses menaces. Il y fit tant de raffut que le cardiologue, terré dans son hôtel particulier entouré de cèdres, à deux rues de l'hôpital, et que les infirmières avaient alerté, accourut en pleine nuit.

Le cardiologue connaissait les territoires du vieux Borgniol. Il avait autrefois donné à des guides de haute montagne des sommes extraordinaires pour grimper sur des sommets lointains. Quand il fut trop vieux pour aller dans les Rocheuses ou dans l'Himalaya, trop vieux pour dépasser les quatre mille mètres qu'il avait gravis dans les Alpes à ses débuts, il créa un club alpin en remuant un peu de paperasse et en téléphonant à ses amis. Comme il n'y avait pas le moindre piton rocheux dans les replis hercyniens couverts de sapins et de nuages qui cernaient leur ville, les adhérents du Club partirent pour le Caroux, à cinquante kilomètres de chez eux et s'établirent dans le schiste triomphant et sous l'ardoise bleue d'un ciel d'Orient. Mais, si les parois du massif étaient accidentées et raides, si elles mettaient à l'épreuve le meilleur des alpinistes du Club, elles étaient adossées à un plateau accessible par la route où Borgniol et les siens chassaient depuis toujours. Aussi, quand le cardiologue conduisit sur les lieux des Anglais ou des Australiens qui séjournaient dans sa ville pour affaires, eut-il soin de tracer des voies inédites qui n'aboutissent pas à une roue de voiture, à des sièges de pique-nique ou à des caniches tenus en laisse. Pendant des années, par la seule volonté du cardiologue qui n'admettait pas que des courses cotées 4a ou 4b par les hôtes de Londres pussent finir dans l'herbe des pâturages, les ascensions s'achevèrent à quelques mètres de l'arrivée, par le contour de curieux éperons en saillie, par le passage sur d'étroits promontoires où les alpinistes demeuraient immobiles un instant, le dos et le plat des mains plaqués sur la paroi, tout près des jeux d'enfants dont on entendait les cris.

Longtemps, le cardiologue organisa des cordées pour les amis, pour les membres de sa famille, pour les étrangers. Les rochers furent couverts de mousquetons et de pitons et les grimpeurs les plus audacieux passèrent dans les traces des autres et repassèrent dans leurs propres traces. Les étrangers furent moins nombreux à cause du déclin de l'industrie locale. Le cardiologue revint avec des enfants ou encore des patients en convalescence qu'il dirigeait d'un bord à l'autre du rocher en restant sur le sol. Lui-même grimpa de moins en moins. Il craignait les vents violents de l'hiver. Et ce fut l'hiver qui le ramena làbas. L'hiver et le vieux Borgniol. Après la mort de sa femme, celui-ci resta de longues heures entre la chambre de la défunte et la morgue, inutile et fouineur, poursuivant le personnel dans le couloir, accostant les médecins, se mettant sur le trajet des chariots ou des brancards. Il regrettait que les ambulanciers ne fussent déjà sur les routes dans le hurlement des sirènes avec la dépouille de sa femme étendue sur une civière. Borgniol n'aimait pas le silence des hôpitaux et le silence qui suivit le trépas lui fut insupportable. Il était pressé de rentrer. Il devint odieux. Le cardiologue arriva pour l'adoucir et lui parla de ses chiens, de ses fils, qui attendaient dans la vallée. Borgniol écouta et parla à son tour. Tous deux évoquèrent les sentiers, les collines, les bruyères, les routes tapissées d'herbe et les arbres solitaires. Des noms magnifiques et savants surgirent de l'ombre et de la lumière : Rocher des Enclaves, Béal Traversier, Tête Virante… Les deux hommes avaient en commun le souvenir des cavités obscures et presque inaccessibles qui avaient servi de repaire au chasseur et d'embarquement pour les cimes à l'alpiniste. Le cardiologue accompagna son nouvel ami à l'ambulance, l'installa sur un petit strapontin, lui prit les pieds et les glissa doucement sous la civière où reposait la défunte. Le chasseur pouvait à peine bouger et ressemblait à un prisonnier que l'on emmène. Le cardiologue engouffra la tête dans l'habitacle et raconta sur le ton de la confidence le couloir glacé du Ben Nevis, en Ecosse, qu'il avait grimpé autrefois avec ses amis anglais. Borgniol détacha les mains de la dépouille de sa femme, essuya sa bouche humide et déclara qu'il connaissait, tout près du ravin des Plos, où il avait construit une cabane de chasseur, une cheminée de vingt mètres coulée dans la pierre, tapissée de glace au plus fort de l'hiver, quand la neige tombait en bourrasque sur le plateau et dans l'obscurité de laquelle personne n'avait jamais pénétré…

Borgniol hérita de sa femme une petite fortune grâce à laquelle il procéda à la rénovation de la façade de sa maison, il acheta des vignes dans la plaine, accueillit chez lui son second fils et sa famille puis le père de sa belle-fille, qui rentrait d'une odyssée aux écueils multiples, fauché comme les blés, et sortit des billets en liasses pour régler les dettes des uns et les emprunts des autres. Il sauva du lynchage ou de la prison le fils aîné, qui confectionnait des bonnets de fourrure dans un village voisin, et qui, le soir de la fête locale, depuis sa fenêtre, ajouta aux cotillons son lot de chevrotines dans un tonnerre d'injures. Borgniol se rendit aussitôt sur la place où trois blessés attendaient l'ambulance des pompiers, se porta au-devant de l'émeute qui allait pénétrer l'immeuble et grimpa seul les deux étages conduisant à son fils. Borgniol poussa portes et fenêtres derrière lui, s'approcha du fils et cogna. Il ajouta aux coups donnés des hurlements insupportables car il fallait que le bruit, une fois de plus, accompagnât la douleur et, pour quitter l'immeuble, il attendit non seulement que le fils fût plus amoché que les victimes, mais encore qu'il fût incapable d'appeler au secours, de se redresser pour atteindre la fenêtre, de murmurer un seul mot.

Borgniol eut assez d'argent et de violence en lui pour que sa famille fût moins un fardeau qu'une ombre et les enfants qui remplirent bientôt sa maison, parce que la belle-fille était féconde et le fils, sans emploi, les enfants ne disaient rien. Ils avaient peur du grand-père, de la corde, du chien préféré qui entrait parfois dans la cuisine, sans faire de bruit, comme un serpent. Mais le bourdonnement du téléviseur pendant la nuit, que la disparition de la grand-mère n'avait pas tu, les effrayait plus que le grincement des volets ou le gémissement des chiens dans leur cave, aussi rejoignaient-ils l'école le lendemain, les yeux exorbités par l'insomnie, les doigts nerveux. Par bonheur, avec les beaux jours, Borgniol retrouva le cabanon en planches de châtaignier qu'il avait construit à une heure de marche du village, au milieu de ses potagers, à côté du ravin des Plos où ses petites-filles m'avaient déjà conduit. Il y dormait avec la Parisienne du hameau des Mourgues, une hippie qui avait perdu ses chèvres et ne faisait rien. A la fin de l'été, Borgniol déposa un plateau de légumes, de fruits et de champignons dans le car de Mazamet, à l'intention du cardiologue. Il accompagna son colis de quelques mots au stylo bille, écrits sur une page arrachée à un agenda vieux de dix ans, pour rappeler au médecin que la cheminée de vingt mètres était dans l'ombre précoce et froide de l'automne et que les oiseaux, les abeilles, les chiens lâchés dans les bruyères, ou encore le faîte des arbres, annonçaient un hiver aussi rude que celui de 1956.

Cet automne-là, Borgniol délaissa sa maison, sa famille et la chasse. Peu avant l'ouverture, les chiens se massèrent contre la barrière, silencieux et attentifs. Les odeurs de l'automne les avaient rendus fous et ils eussent brisé leur enclos si quelqu'un n'était venu renforcer la barrière aux premiers hurlements. Le vacarme des bêtes captives devint insupportable. Une délégation de voisins se présenta devant le cabanon de Borgniol quand celui-ci dormait et les visiteurs durent secouer les planches et frapper au volet pour voir apparaître enfin le vieil homme. Borgniol était nu. C'est-à-dire qu'il portait seulement un caleçon long et un maillot de corps, mais il portait ce caleçon et ce maillot depuis si longtemps que la fibre du tissu et la peau du corps étaient appariées, qu'on ne pouvait ôter l'une sans blesser l'autre. Sa cabane sentait le bois humide, la résine et la transpiration. Bien droit devant ses juges, Borgniol s'étonna que l'on vînt se plaindre du tapage des chiens parce que lui n'entendait plus rien… Il vivait dans le silence, désormais. Son fils, promit-il, prendrait la meute sous peu dans les chemins pour la fatiguer. Mais lui ne descendrait pas avant l'hiver, pas avant que sa cabane fût habitable. Et il montra les rondins, la hache, la scie, l'établi disséminés sur l'ancestral tamis d'aiguilles. Le cardiologue était venu un soir, à la fin de l'été, quand l'air sentait la cire des ruches et le crin de cheval humide. Il avait ouvert un compte en faveur de Borgniol au Catena de Saint-Pons afin que le veuf emportât assez de planches et de clous pour retaper la vieille baraque qui prenait le vent. Il ne voulait pas d'autre camp de base que cette clairière dans les pins, pas d'autre sherpa que le vieux chasseur. Le cardiologue revint à plusieurs reprises à la fin de l'automne et déposa les baudriers, les crampons, les broches et les cordes au fond de la cabane. Jamais il ne prit la peine d'aller sous la cheminée de vingt mètres, de se blottir dans l'obscurité, au milieu des fougères et des insectes, et de regarder le ciel. Il attendait l'hiver brutal qui allait s'abattre sur le territoire de Borgniol et emprisonner les odeurs dans la terre, le peuple des abeilles dans les brumes et le reste de la Création dans les ruisseaux figés, dans l'air glacé. Il attendait le charroi des neiges écrasé sur le plateau, tout près des falaises et des parois couturées de crochets et de mousquetons. Il n'eut pas beaucoup à attendre… L'hiver qui suivit fut rigoureux et infini. La neige du plateau s'engouffra dans la cheminée du ravin des Plos. Le froid appliqua de longues coulées de gel sur les parois, un gel opaque et blanc comme la cire des cierges d'église, dur et profond comme la cascade de glace du Ben Nevis… Le cardiologue surprit Borgniol dans le silence des arbres sans oiseaux. Le chasseur avait enduit la cabane de colle et de vernis et renvoyé la Parisienne. Il entoura de cordes son large torse, prit en bandoulière un sac sous le poids duquel il chancela, se redressa lentement, puis, quand les deux pieds eurent retrouvé l'ancrage du sol, il partit pour le repli des montagnes, sans se soucier de son compagnon. Les deux hommes marchèrent une heure dans les chênes verts et se hissèrent sur les éboulis. Avant de dénicher le passage, Borgniol trotta longtemps en suivant le mur de ronces qui cernait le socle des falaises. Le passage était fermé au regard des hommes mais le souffle glacial qui le pénétrait franchissait la barrière des pierres et des herbes droites. Le cardiologue s'engagea dans le goulet en grimpant lentement. Par endroits, la glace formait de larges pitons qu'il étreignait comme une femme et contre lesquels il restait un long moment. Bientôt la brume remplit le bas du goulet comme un liquide et les deux hommes, qui ne se voyaient plus, gardaient la corde pour seul lien. Quand il fut sur le plateau, le cardiologue s'empressa de tirer dessus car le silence de Borgniol lui faisait peur. Il était rompu aux excursions dans la lumière du Caroux, en compagnie d'Anglais agiles sur les pierres comme des araignées, aussi hurla-t-il en vain pour dissuader son compagnon de monter. Trop long, trop étroit, trop difficile. Mais la corde se tendit brusquement et le cardiologue faillit être emporté dans le vide. Borgniol était dans le goulet et ses cris rauques, ses grognements, ses jurons traversaient la brume. Il atteignit le plateau après une longue heure. Quand ils se retrouvèrent, les deux amis étaient à bout de force et ils s'étreignirent avant de se relever. La brume avait posé un véritable bouchon de cire sur leur ascension. Les deux hommes, qui avaient renoncé à la descente dans le goulet, commencèrent à avancer sur le plateau. Les rares maisons qu'ils trouvèrent sur leur chemin étaient vides. Les paysans avaient jadis tout emporté avec eux, jusqu'au bois des planchers et des chambranles et les maisons à l'abandon parurent aux deux amis plus froides que la glace du goulet. Les deux hommes savaient que le premier village était à quatre heures de marche mais ils savaient aussi que la route était toute proche et qu'il suffisait de se dresser sur une ligne droite pour y surprendre un camion. Il y avait une route, en effet, que les bourrasques avaient vaincue, une route muette, enfouie sous la neige. Les gens des villages voisins étaient pris dans la douce banquise de leur hiver loin du monde vivant. Ils avaient assez de conserves et de viande salée pour arriver au printemps et ils ne bougeaient pas. Les deux hommes marchèrent jusqu'à la nuit, blottis l'un contre l'autre comme deux ivrognes. A aucun moment il n'y eut la moindre brouille entre le cardiologue qui faisait venir de Londres ses vestes en tweed et le vieux paysan qui se mouchait avec la manche de son gilet. Pas un seul mot, un seul reproche… Peut-être avaient-ils l'un pour l'autre une de ces amitiés à rebours qui défient les croyances et l'ordre social. A moins que cette amitié ne fût scellée par le froid du plateau, le froid immense qui échappait à la neige, au vent, à l'hiver lui-même. La course fut si longue et la nuit si proche que les deux alpinistes, effrayés, abandonnèrent sacs et cordes tout près d'une grange écroulée. Ils pressèrent le pas. Sous la neige, la semelle de leurs chaussures rencontra la terre tout d'abord, le bitume d'une route, ensuite, et ce bitume fut leur salut.

Les sapeurs-forestiers ne grimpaient plus sur les miradors depuis des semaines. Ils passaient leurs journées à l'avant d'une camionnette et jouaient à la belote en posant les cartes sur le rebord de la boîte à gants. Parfois, l'un d'entre eux s'endormait, la nuque offerte, le menton sur la fermeture éclair de son chandail, la casquette à oreillettes de fourrure arrêtée sur le nez. Au plus fort de l'hiver, quand la neige et le vent les contenaient dans une clairière où personne ne les visita jamais, ils luttaient contre le froid grâce à l'eau-de-vie de marc qu'ils mélangeaient au café de leur bouteille Thermos. Le soir, les hommes rentraient au village engourdis par le froid, par la gnôle, et ce soir-là le froid avait été si fort et l'eau-de-vie avait coulé si longtemps qu'elle se répandait encore dans les corps immobiles quand le camion des sapeurs quitta la clairière. Il y avait sur la route une neige tendre, fragile, sur laquelle il glissa longtemps et doucement. Régis était au volant et, quand le camion heurta un remblai, il conduisait toujours, les mains crispées sur le volant, le front collé au pare-brise. Ses camarades le prièrent de descendre pour les aider à pousser mais il refusa, il ne voulait pas laisser le volant. Il n'avait pas compris que le camion des sapeurs-forestiers, malgré ses deux essieux conducteurs et ses pneus à crampons, avait quitté la chaussée et s'était embourbé. Peut-être y eut-il une dispute, car Régis sortit et ne se mêla pas aux camarades qui s'efforçaient de pousser le camion vers la route. Le vieux Borgniol et le cardiologue trouvèrent le sapeur-forestier debout au sommet du talus, assez loin du camion pour imaginer que le sapeur avait entendu un bruit, aperçu des silhouettes dans le faisceau des phares et qu'il s'apprêtait à leur porter secours. La voix de Régis retentit dans la nuit, désignant deux hommes fourbus, muets, qui apparaissaient comme deux soldats envoyés en renfort. Les alpinistes esquissèrent un salut et, sans marquer la moindre pause, s'arc-boutèrent à leur tour contre le pare-chocs avant et s'engouffrèrent dans le camion quand celui-ci bougea. Régis roula au pas jusqu'au col. Il était couché sur le volant. Une main effaçait sur le pare-brise la buée déposée par son souffle irrégulier. Le cardiologue s'était assoupi. Le sherpa appliqua ses lèvres sur le bord d'un large bouchon de bouteille thermos où trempait un peu de café. La route qui descendait, sinueuse et libre de toute neige, commençait à le bercer et la houle paisible des virages en épingle l'endormit tout à fait. Par la vitre entrouverte passaient les sons, les odeurs de la nuit qui montaient de la vallée ou de plus loin encore, de la mer peut-être. La route était abrupte et le camion atteignit la vallée avec si peu de freins que Régis dut se mettre debout sur la pédale pour s'arrêter au rond-point. Il ne restait qu'une dizaine de kilomètres à faire le long de la rivière, sur une route presque droite. Le camion s'enfonça dans les longs traits de brume du goulet des Saucles, fermé de parois obliques et où la lumière n'entrait jamais. Il louvoya quelques secondes sur une plaque de verglas et passa tout près du parapet. Il aborda une dernière ligne droite en titubant légèrement et arriva dans le village au plus fort de la nuit, quand l'accordéon de l'ancien menuisier ne respirait plus, quand les chiens de Borgniol avaient fini d'aboyer.

18

L'ancien gendarme avait vécu trente ans dans des casernes trop étroites, greffé des enfants à l'exiguïté de ses logements, subi le climat sibérien du plateau de la Margeride, au début de sa carrière, après la guerre d'Algérie, et la canicule des gros bourgs de la plaine, à la fin. Il avait pris des galons. Et, comme tous ceux qui étaient partis pour faire carrière, dans les bureaux ou dans l'armée, il revint dans son village au moment de la retraite. Pour être propriétaire de la maison familiale, il versa des compensations à ses frères et, pour y vivre à son aise, engagea toutes ses économies. En fait, il ne s'était jamais éloigné. Il voulait être là en moins de deux heures, si une tuile tombait du toit, si l'eau de la rivière atteignait le mur du garage. Pendant trente ans, il accepta la vie de caserne dans des immeubles de deux étages, plantés sur les hauteurs, avec un poêle énorme et quinteux pour quatre familles… Trente ans de sacrifices et de bonheur pendant lesquels la solde du gendarme fut à peine entamée par l'achat du tissu pour les vêtements des enfants, pour la viande des mitonnages… Mais la réussite de sa vie ce ne fut pas cette carrière sans accroc, cette maison qu'il rebâtit à son goût, ce fut sa femme ou, plus précisément, son mariage, qui lui avait donné trois fils riches de la même tête, la sienne, trois gaillards bâtis pour le jeu de mêlée, pour les gnons durs comme la pierre, pour les bordées entre garçons et pour les filles sentimentales. La femme de Clovis accumula les enfants et les repas, la layette et les recettes de flans. En marge des patrouilles que son mari conduisit pendant les nuits de neige, pour des voleurs de poules que l'on retrouvait presque nus, elle organisa d'interminables soirées entre femmes de gendarmes pendant lesquelles elle servit des tisanes et empila des abat-jour en macramé. A force de privations, le couple amassa une petite fortune que l'on sacrifia à la maison. Les travaux entrepris pour remettre celle-ci à neuf furent moins une dépense qu'une purge formidable qui laissa le gendarme presque sans un sou. Quand celui-ci prit sa retraite avec le galon le plus élevé dans le corps des sous-officiers, sa maison était achevée et les artisans qui l'avaient rénovée, pour la plupart des camarades de l'école communale, avaient si bien travaillé que leur client les pria de se joindre au convoi d'amis qu'il amena à Mèze pour une journée d'excursion. La brigade de Mèze avait été le couronnement de la carrière du gendarme qui voulait y conduire ses proches avant que le souvenir du chef ne s'effaçât. La patronne du restaurant où l'ancien commandant de brigade avait réservé une table ne le reconnut pas… Peut-être parce qu'il était en civil, parce qu'il y avait déjà trois mois qu'il était parti… Les autres convives saluèrent l'hôtesse à qui ils étaient présentés, en se levant à moitié, en demeurant immobiles le temps des présentations, les mains inutiles qui cherchaient une poche, une couture sur laquelle se poser… Le gendarme mangea copieusement, but de même et parla plus encore. La lumière qui franchissait l'immense baie vitrée l'obligeait à fermer les yeux à demi, à déplacer le torse sur l'axe de sa chaise. Il ressemblait à ces victimes que le mystérieux tireur des films d'espions s'efforce de suivre avec son fusil à lunette. Son propre regard ne quittait pas un point mystérieux, dans le ciel, et sa chaise grinçait doucement. En faisant coulisser les mains l'une contre l'autre au-dessus de la table, Clovis raconta l'épisode du couple de Suisses en voyage de noces, une poursuite de dix kilomètres sur une nationale, motivé par un refus d'obtempérer. Ses mains s'animaient et ses épaules louvoyaient à mesure que la moto qu'il avait enfourchée prenait de la vitesse. Il racontait fort bien la route vide, la voiture enrubannée flottant au loin sur le bitume brillant et lisse et la lumière de l'été dans le tamis des chênes verts et des pins. Et lui derrière, lui dans son jeune temps, les yeux blessés par les moucherons et l'air brûlant. La tête et les épaules un peu de travers, pour mieux attraper le vent, et la voiture du couple se déportant enfin, mordant la poussière du bas-côté, s'arrêtant tout à fait. Clovis attrapait ensuite son verre, buvait et poussait ses lèvres luisantes sous son nez en remuant légèrement la tête. Au moment du dessert et du vin mousseux, quelqu'un proposa de porter un toast à l'amphitryon.

Priée de dire un petit mot, la patronne du restaurant s'empêtra dans une histoire de contravention. Personne n'écoutait. Les hommes s'assoupissaient et les femmes promenaient le manche d'une cuiller dans leur coupe de mousseux pour anéantir les bulles. Les nuages entassés au-dessus de l'étang se posèrent sur la baie vitrée et la salle devint sombre comme une caverne. Quand Clovis parla à son tour, la patronne du restaurant s'était réfugiée derrière son comptoir sans se faire remarquer. Elle salua de loin les convives qui s'en allaient en file indienne. Dans la rue, pendant cette pause que les invités repus s'accordent habituellement pour ajuster leur manteau sur leur corps engourdi, le gendarme regarda les fenêtres du restaurant et vit allumées les petites ampoules vissées sur les fausses lampes à pétrole, au-dessus du bar. Il prit familièrement le coude d'un camarade et proposa à tous de le suivre jusqu'au port. Ses invités eussent préféré confier la digestion de leur repas à une flânerie sur la jetée mais Clovis, qui avait des goûts d'enfant et conservé un peu d'argent pour s'offrir les premiers caprices d'une vie, avait commandé une croisière sur l'étang. Le capitaine attendait devant son bateau. Malgré sa casquette, sa barbe, malgré les oripeaux prélevés dans la malle d'un brocanteur ou sur un officier de marine surpris au fond d'une crique et aussitôt détroussé, il n'était pas plus marin que ses passagers et son navire, qui flottait depuis si longtemps sur le mazout d'intarissables dégazages, présentait moins le risque d'un naufrage que celui d'un incendie. Clovis voulait faire admirer à ses amis les fiefs sur lesquels il avait régné pendant sa carrière. Aussi, quand le bateau s'éloigna du rivage, montra-t-il, au-delà des mas de détroquage, des vignes et de la route nationale où il faisait triompher la loi quelques semaines plus tôt, les corniches lointaines et noires où il se hissa jadis à bord d'une 4 CV Renault plus essoufflée et plus lourde que le rafiot d'opérette sur lequel il venait d'embarquer. Le bateau se dirigea vers les parcs à huîtres. Clovis ne disait rien. Ses yeux, ses lèvres, son visage tout entier étaient fermés, lisses, exsangues. Tous ses muscles étaient engourdis par le repas copieux, sa gorge était brûlée par les relents acides d'une liqueur que le mélange des vins poussait à rebours le long de son œsophage. Le bateau glissa lentement dans un chenal étroit, au milieu des rails assemblés et des cordes portées vers les profondeurs par le poids des naissains. L'air était presque chaud, chargé de relents de vase ou d'essence. La somnolence des voyageurs s'interrompit quand le capitaine et son guide proposèrent des moules. Clovis ne toucha pas au plateau et offrit son canif à ses voisins. L'ancien gendarme ressemblait à un convalescent que ses camarades avaient arraché à son lit pour une promenade. Ses épaules et son torse, contraints au point de gêner sa respiration, et ses lèvres cousues par un léger filet d'écume, presque sec, l'eussent empêché de raconter une de ses aventures. Pourtant, quand quelqu'un proposa de passer au retour par un mas pour acheter des bourriches, Clovis se redressa péniblement, le dos moite offert à la brise et répondit qu'il avait l'intention de s'arrêter sur la route de Montagnac, chez un repris de justice reconverti dans le coquillage, un type droit comme un i, honnête, scrupuleux, propre, et qui lui devait tout…

Quelques jours plus tard, l'ancien gendarme commença le procès des artisans qu'il avait régalés à Mèze et reçut le renfort des autres artisans, écartés à cause des devis trop élevés ou d'une brouille d'écolier et qui regardaient le crépi de la façade ou l'écoulement des eaux de pluie en hochant la tête comme un père qui écoute son fils, en affirmant que la maison avait coûté trop cher et qu'elle allait s'écrouler… Dans l'immédiat, le danger venait de la rivière. Clovis n'avait pas mis autant d'argent dans la maison de ses parents pour la voir emportée par les crues d'automne. Aussi devint-il maçon pour établir autour de son domaine des remparts à l'intérieur desquels il posa ses chiens et son potager. Les premiers orages inondèrent le terrain de sport entre sa maison et la rivière et se heurtèrent aux murs du jardin. Le ciment fut souillé par la boue et des branchages crevèrent le grillage. Pendant les mois qui suivirent son installation définitive, l'ancien gendarme sortit souvent. Dans sa voiture. Pas une bétaillère remplie de chiens mouillés mais une véritable voiture qui les conduisait au Géant Casino de Béziers, sa femme et lui, deux fois par mois. Peut-être, quand la rivière inonda son garage, à deux reprises, fit-il le projet de se retirer à Béziers, comme il avait fait autrefois le projet d'accéder au premier grade des officiers… Mais la ville et le pouvoir l'effrayaient…

A Béziers, Clovis retrouva des anciens d'Algérie, rencontra des notables. Grâce à eux, il obtint pour l'aîné de ses fils la place de gardien dans le bâtiment vide d'une administration locale. Il était fier que son fils eût coiffé une dizaine de candidats au poste, dix gaillards rudes et vifs qui n'aspiraient à rien d'autre qu'à une sinécure pour invalides, un terrain de pétanque et un jardin potager et qui avaient à peine plus de vingt ans.

Enfin, les chirurgiens prélevèrent dans son ventre un morceau de boyau long comme un bras d'enfant, noir comme la cendre, dur comme un fer. Clovis apprit que des centenaires plus écorchés que lui vivaient encore et que des hommes de son âge, ouverts pour une opération qui les avait vidés comme des animaux de boucherie et qui ne mangeaient plus que du tapioca sans sel, vivaient aussi, et, pour la première fois de sa vie, il eut peur. Il ne mourut pas mais il dut veiller sur sa santé comme sur un nourrisson, visiter son médecin toutes les semaines. En réalité, l'ancien gendarme vécut longtemps et il vit encore, installé dans un millénaire tout neuf, heureux d'être là, endimanché, un peu raide, à la façon de ces vieillards que l'on assied à une noce… Après avoir sauvé son potager des eaux du déluge, il se prit de passion pour la chasse. Aux battues au sanglier, Clovis préférait la petite guérilla dans les marais, dans les herbes détrempées, où sa chienne, un basset fauve, glissait comme une loutre. La chienne avait de l'endurance, de la fougue et, lorsque les premières chaleurs la prirent, son maître chercha un étalon dans les enclos où s'impatientaient les chiens de la vallée. Clovis poussa sa voiture hors du garage, jeta de la sciure sur le sol, enferma sa chienne et fit entrer un bécassier splendide. Celui-ci se coucha à plat ventre, planta la truffe dans la sciure, souffla, respira, éternua. Il s'ébroua, roula sur lui-même et rampa curieusement sur le dos en agitant les pattes et en gémissant. A aucun moment il ne s'approcha de la chienne. Clovis mit en scène une nouvelle rencontre. Il enleva les meubles, les caisses empilées, les bâches. Il balaya la sciure, inventa des courants d'air et passa sa chienne sous le jet. Il y eut ainsi deux ou trois rendez-vous, sans succès. Le chien s'endormait dans un coin et la chienne filait dans le jardin et se tenait droite contre le grillage, près de la route. Là, le vent la traversa comme une lame et répandit dans la vallée le feu de son ventre et, si aucun enclos ne rompit sous les coups de butoir des chiens redressés, un roquet vieillissant et agile que jamais la moindre corde n'avait attaché à la misère de ses maîtres et que le premier effluve mit sur la route, gagna le village et y resta. Il fit le siège du jardin pendant trois jours et, pendant trois jours, reçut le bâton du maître des lieux sur le poil sec et clairsemé de son dos. Avec l'aide de ses voisins, Clovis captura la bête et la lâcha à dix heures de marche sur des hauteurs que l'odeur de sa chienne n'avait pas atteintes mais sur lesquelles sa voiture et lui laissèrent des odeurs par centaines. Le chien revint, fut bouté et revint encore malgré les coups et les barricades. Il creusa un chemin entre le ciment et le grillage et couvrit la chienne entre deux rangées de choux, dans le creux d'une terre douce. Là, quand le bâton tomba à nouveau sur lui, à coups redoublés, comme si le gendarme avait reçu le renfort du ciel, le roquet resserra ses pattes d'insecte sur les flancs de sa proie, eut quelques spasmes puis, sans défaire son étreinte, demeura de longues minutes, offrant au bâton son échine révulsée où se comptaient les vertèbres. Les coups faiblirent avant de cesser comme si la colère qui armait à l'instant le bras du gendarme avait été vaincue par l'indulgence de l'homme pour le mâle pitoyable et apoplectique qui mourait sous ses yeux. Mais le roquet survécut et la fièvre qui ne le tua point donna une portée d'insectes étiques et imparfaitement velus que Clovis refusa de jeter à la rivière.

Ce furent ensuite les longues pluies d'automne qu'il redoutait. Debout sur la petite guérite que les maçons avaient collée contre la façade aveugle de la maison, l'ancien gendarme vit la rivière s'établir dans un verger à l'abandon, qui n'était ni à lui ni à personne, et remonter jusqu'à son jardin en poussant une lie sombre et sans écume. La rivière ne fit pas de dégâts, tout au plus atteignit-elle le petit tunnel que le roquet avait gratté et que Clovis combla dès que les pluies cessèrent. Un jour, les enfants et moi nous étions aventurés vers les berges traversées de branches pour des jeux qui avaient fini en fouilles. Je m'étais hissé sur un talus et sonnai le rassemblement de mes orpailleurs quand la chienne se présenta, gravide et lente. Heureux de quitter un instant sa maison et de s'enfoncer dans l'air humide et dans le vent, l'ancien gendarme me rejoignit sur le talus, posa sa main sur mon bras et me désigna sa chienne essoufflée, couchée dans l'herbe, épiant le moindre de ses mouvements. Il y avait dans les Aurès, me dit-il après un regard dans la direction des enfants attroupés au loin, à deux jours d'âne du premier point d'eau, au bout d'un défilé, un bordel militaire de campagne où s'arrêtaient des hommes qui avaient oublié la soif et renié leur peur. Pour deux Françaises, la mère et la fille, qui vivaient des semaines sans voir un cheval, sans voir un mulet, sans voir un homme… Quand les soldats arrivaient, rescapés d'une embuscade, heureux d'être vivants, ou quand ils avaient fait un crochet de quatre-vingts kilomètres dans l'air brûlant pour passer une heure dans ce baraquement aux murs ajourés, la fille, qui n'avait parlé à personne pendant des semaines, pas même à sa mère terrée au loin dans une caverne avec des prières ou des regrets, se livrait à eux sans un mot. Suivait une longue heure d'abattage et de fournaise. Et, pour faire sa toilette entre deux passes, reprit Clovis d'une voix admirative, en baissant le ton, la fille n'avait qu'une feuille de papier hygiénique pliée en deux.

19

Quand le maire apprit que l'administration voulait fermer l'école à la prochaine rentrée, il hésita à chercher dans le quartier des Marbrières une famille qui eût repeuplé l'école pour cinq ans et à reprendre le chemin des hameaux ultimes pour forcer la porte des hippies reclus. C'était à ses yeux beaucoup de démarches pour rien. Il rappela qu'un simple coup de téléphone du conseiller général ou du député à l'inspecteur d'Académie pouvait surseoir à la fermeture, pour un an, peut-être deux, à condition que mon nom n'apparût pas dans les listes de vœux pour les écoles des villes. Un an, deux ans pour laisser de nouvelles familles s'installer. En réalité, personne ne voulait s'installer ici… Depuis quelques mois, le maire savait que Clovis ne voulait pas sa place, que les Fraisse, rentrés de Marseille, ne quittaient plus Candoubre. Le maire était seul, il était puissant. Il était maire pour quinze ans, pour vingt ans… Les dossiers étaient de plus en plus rares sur son bureau et l'inlassable cadence qui avait donné un peu d'ouvrage à tous : aux paysans, aux commerçants, aux notables, aux maîtres d'école, relâchait peu à peu son étreinte sur la vallée. Certains villages, à l'écart de la départementale, étaient presque morts et leurs maires attendaient pour mourir à leur tour que l'école fût tout à fait fermée, que les femmes fussent assoupies devant leur télé et les hommes assez nombreux pour faire le compte juste d'un conseil municipal. Notre maire affirmait qu'il allait réquisitionner les maisons à l'abandon pour y bâtir des gîtes ruraux, qu'il allait passer une annonce pour obtenir un boulanger, comme il avait demandé une gouvernante pour le vieux M. Gleizes… Il suffisait d'un boulanger… Le maire était sincère car le village était sa vie et le village vivait encore à la fin des années quatre-vingts. Mais les rendez-vous et les banquets l'attiraient maintenant très loin. Les élus haut placés du département lui parlaient en aparté et lui décernaient des décorations. Il bougeait assez pour ne plus voir l'école, l'église, le bar, la caserne des pompiers, pour oublier le chien d'élite qui se morfondait dans une cave. Il rentrait au village avec les yeux brillants et un sourire mystérieux. Il se confiait peut-être à quelques-uns de ses proches, au fond du garage des pompiers, dans le vacarme rassurant des coups que Gaby et Laurent donnaient sur des culasses dures comme le noyau terrestre. Il se confiait sûrement. Quel intérêt pouvait-il trouver à allonger son corps alourdi par les agapes et les liqueurs auprès d'une femme inconnue, à mettre en marche le lourd mécanisme de sa virilité endormie, s'il ne convoquait pas ensuite ses amis, s'il n'affichait pas son orgueil réveillé. En fait, la beauté et les appâts des maîtresses du maire, leur âge, leurs talents, voire leur existence, importaient peu. Ce qui comptait avant tout c'était que, réalité ou fiction, le maire eût des maîtresses et que les hommes du village n'en eussent pas. A l'heure où il ne faisait aucun doute que son mandat était reconduit pour les décennies à venir, le maire joignait à la force incontestée de sa parole toujours victorieuse la force de son absence. Ce n'était plus le temps du camion de primeurs poussé dans le département voisin, des livraisons de vin dans l'Allier ou des virées d'une demi-journée en Espagne, des nuits passées chez lui, couché à neuf heures, c'était le temps des cocardes collées à l'angle du pare-brise, des premières cravates et des retours au petit matin. Le maire avait compris qu'un peu de mystère ne desservait pas sa puissance, aussi découcha-t-il bientôt pour de bon. Enfin, il se rendit à Paris. On ne sut jamais s'il y connut de fabuleuses aventures ou s'il descendit la Seine en bateau-mouche, mais à son retour, il parla si bien que son prestige n'eut plus à souffrir de la moindre contestation. Mais il avait des craintes. Il croyait que de nouveaux adversaires allaient surgir du néant, avec une liste pour les prochaines élections… C'était absurde, le maire était là pour cent ans et son fils qui venait de se marier attendait un enfant, un garçon…

Le maire avait cinquante ans et sa vie était faite. Un nom gravé sur les caisses de cerises, sur la toile d'un camion, une maison dans un virage, la maison des siens, la maison de son fils, un jour… Quelques mots, quelques pierres suffisaient à construire la vie des hommes dans les villages perdus. Les plus modestes avaient un nom et un toit. Les autres ajoutaient des vignes, un mariage, des enfants. Je les connaissais tous. Certains ouvraient leur porte pour me montrer leur jardin, leurs chats, les photos de famille, pour me parler de leur fille au jour ancien de sa naissance, six kilos de bonheur ou de souffrance, ils ne savaient plus. Tous avaient eu des maladies extraordinaires dont ils parlaient longuement et avec orgueil. La maladie était parfois la seule aventure dans toute une vie… J'écoutais avec politesse… J'étais encore trop jeune pour être malade… Quelle maladie, d'ailleurs, aurait pu se poser sur moi ? Je ne devais pas rester ici assez longtemps pour que les maladies qui n'avaient tué personne, me tuent enfin, moi qui n'avais pas reçu enfant l'eau, le vent, les nuits profondes de la vallée grâce auxquels ils étaient immunisés non seulement contre toutes les maladies de la terre mais contre la mort elle-même. Pour m'en aller, j'attendais que les élèves fussent si peu nombreux qu'un murmure suffît à leur annoncer la fermeture de l'école. Je ne voulais pas les blesser, même pour leur annoncer le retour à la vie sauvage, un interminable été et un automne tiède sans la silhouette de mon successeur partant à leur recherche la veille de la rentrée. Mes élèves étaient peu nombreux, ils avaient vieilli, ils avaient des années de sentiers dans les jambes et ne voulaient plus s'enfoncer dans les collines. Je partais seul, désormais. Les ruisseaux m'occupaient plus que les sentiers, car je n'y rencontrais personne. Là, en marchant sur le gravier, en nageant dans l'eau froide et opaque, j'allais à la recherche de sources enfouies et de résurgences secrètes. Je me heurtais à de hautes parois creusées par les eaux, à des troncs d'arbres écroulés et ouverts, à des ronces. Je me rappelai mon enfance nichée entre les montagnes et les livres, une enfance pendant laquelle je fus trappeur, chercheur d'or, pompier, avant de devenir un robinson à l'épreuve des solitudes. Un robinson novice et maladroit, incapable de comprendre que Robinson est le personnage de roman à l'état de perfection, inventé pour franchir les océans, les forêts et les montagnes, pour franchir les miroirs, enfin.

J'allais d'un versant à l'autre depuis des années mais je n'avais pas encore accédé au point extrême du territoire communal qui dominait la mer. Je partis un jour, seul, pour les crêtes, à la recherche de l'endroit parfait où je pouvais contempler la mer. L'endroit parfait était un château, m'avaient dit, en français, les vieux que je trouvai à chacun de mes départs. Le château des Albières. Châteaux. Banquiers. Champagne… Le patois n'avait pas de mots pour désigner les manoirs, les guichetiers du Crédit agricole ou les vins mousseux. Le château des Albières n'était pas un château, à peine un manoir, plutôt une curieuse maison à façade blanche qui servait d'amer aux navigateurs de Méditerranée et de refuge aux chasseurs. Au temps des équinoxes, de violents déluges s'abattaient sur ces terres arides. La terre et le ciel, soudés par les derniers nuages atlantiques, se défaisaient à peine l'un de l'autre, ce jour-là. Le vent déposait des nuages noirs sur les rochers des chemins, rassemblés en éboulis. Les montagnes et les plateaux étaient invisibles et la plaine, étendue entre les jardins en jachère et le filament fragile de la mer qu'un soleil lointain avait allumé, était plongée dans la grisaille. C'était, sagement distribué en vignes et en villages et exceptionnellement rongé de brumes, le territoire monotone des hommes du Midi, fait de tertres médiocres et de pharmacies vides, soumis au glas des angélus et à la cendre des écobuages.

Je luttai quelques minutes contre la pluie et le vent qui arrivaient par saccades. La brume monta et dissimula le chemin dans les genêts que j'avais suivi avant d'atteindre le belvédère. Pour rentrer, je dévalai les ravines, glissai avec les pierres et m'accrochai aux chênes verts. Je ne marchais plus, j'étais pris dans les herbes, les flaques, les branches de châtaigniers. Je cherchai le dessin familier d'une crête, un hameau bien visible et, pendu au hameau comme une corde, le fer étincelant d'une route oubliée sous la pluie. J'avais été imprudent de m'enliser ainsi dans une combe, de refuser l'invitation à m'asseoir faite par des chasseurs rassemblés autour d'un barbecue et d'attendre la levée du camp dans l'odeur écœurante et froide des cuissots mal dépecés, à peine cuits. J'eusse évité les ronces, les bruyères, les fougères qui interrompirent ma course et les marigots au fond desquels reposaient assurément les ossements de dinosaures, de marcassins perdus ou d'explorateurs malchanceux. Quand j'atteignis un coupe-feu, je frottai vigoureusement mes vêtements comme si j'avais à craindre le regard des badauds. Les chasseurs, que je n'avais pas abordés sur les crêtes quand je marchai fièrement, avaient rejoint le coupe-feu avant moi. Il y avait un homme par voiture, un homme debout sur les freins, le crâne planté dans le toit, les mains crispées sur le volant. Chacun s'employait à maintenir le cap qui passait loin des ornières creusées par les eaux de ravinement. Un seul mouvement de la première voiture, sur laquelle toutes les autres avaient réglé leur course, eût entraîné la chenille dans le vide. Aussi, les chiens furent-ils les seuls à me voir, ou, plus exactement, un chien par voiture, le préféré de la meute qui voyageait sur la banquette avant, droit comme une épouse. Le chien avait fait autrefois une chute de vingt mètres ou il avait été piétiné par les sangliers avant d'être conduit sans connaissance chez le vétérinaire. Son propriétaire avait accepté de le faire soigner malgré le prix exorbitant à payer pour l'opération et le chien était là, convalescent, assis à la place d'honneur, parce qu'il était aimé comme un fils, parce qu'il avait coûté beaucoup d'argent. Il n'avait pas échappé à un éventrement, à des fractures, à des hordes de sangliers, à des arbres dressés comme des pieux au fond d'un ravin pour regarder un vagabond. Et le convoi passa.

En me postant de l'autre côté des ornières, tel un passager à quai, il m'eût été possible d'embarquer et de rentrer sans supporter d'autres tracas que les houleux cartayages sur les chemins, l'odeur des chiens mouillés et le relent des treillis boucanés comme des pièces de viande. Mais je crus que le coupe-feu abrupt et droit allait me conduire au village en moins d'une heure. C'était absurde. Les coupe-feu ne sont pas des chemins mais des traces qui se heurtent aux talus. Des talus, il y en eut une bonne dizaine avant cette route isolée qui rentrait sagement vers la vallée et je commençais à la suivre quand Blanche, la sœur de Régis, apparut dans un virage. Elle portait des chaussures d'homme que la pluie faisait luire, une de ces jupes courtes que les mères de famille nombreuse donnent aux enfants nécessiteux quand la dernière fille a fini d'user la trame du tissu et l'inusable gilet des femmes du village, serré autour de son torse maigre. La ferme était tout près. La ferme des siens. La mort des parents en avait délogé les enfants. Certains s'étaient mariés, d'autres vivaient au village. Les garçons, et parmi eux Régis, devenus sapeurs-forestiers, s'étaient hissés sur le versant qui faisait face. Là-haut, à mille mètres d'altitude, debout sur un mirador, ils étaient loin de leur enfance, loin du père que l'on avait enfoui dans les profondeurs, avec le souvenir des taloches et des insultes. Ainsi, les filles bien mariées comme les garçons qui cherchaient une épouse, avaient-ils laissé à leur cadette cette ferme en ruines bordée de noyers prolifiques, de ruisseaux et de potagers à l'abandon. Sans un regret. Si la benjamine ne dormait pas dans la maison des siens, elle y venait en automne, pour les marrons, les champignons, les noix. La ferme n'était pas vide car le vieux domestique qui servait la famille depuis l'enfance finissait ses jours dans la cuisine. Il avait connu la neige, le froid, la morsure des chiens et les coups du père qui tombaient sur lui, comme sur les autres. Sa planète était peu de chose : une table, une toile cirée sous le feu âpre d'une ampoule. Un journal vieux de trois jours arrivait parfois jusqu'à lui et le vin ne coulait plus depuis longtemps.

Blanche marchait à la façon d'un crabe ou, plus exactement, à la façon d'un cavalier dans le jeu d'échecs. Et comme le cavalier, elle bougeait beaucoup pour avancer fort peu. La moindre silhouette, fût-elle sur le trottoir d'en face, était un obstacle. Aussi passait-elle en grommelant, en agitant la tête, en agrippant les bords de son gilet. Elle ne parlait à personne d'autre qu'elle-même. Elle était seule. Sa famille la logeait, la nourrissait et ne la recevait pas. Tous attendaient pour elle une place dans le centre d'aide par le travail où, à moins de trente ans, le dernier des frères était devenu un jardinier gorgé de bromure et de compotes. Elle n'était pas folle au point de se laisser attraper… Pour l'instant, elle avançait vraiment, d'un pas résolu, malgré la pluie et la terre collée aux semelles de ses chaussures et je suivais docilement. Il n'y avait plus de feu dans les fermes et les cheminées étaient occupées par des gazinières. J'étais prêt à boire le café réchauffé dans une casserole que l'on offrait aux promeneurs égarés pour les punir d'être passés sur le territoire des maîtres et à rester assis sur une mauvaise chaise pendant une demi-heure. Blanche traversa la cuisine et le domestique n'eut pas un geste. Il y avait longtemps qu'il ne se mettait plus au garde-à-vous. Il me désigna l'escalier… Les premières marches grinçaient, les autres hurlaient. A l'étage, le plancher hurla aussi et le mur eût également hurlé si on l'avait touché, car la maison tenait à peine. L'étage était déjà en ruines. Des cloisons avaient sauté et les murs porteurs, rongés par le salpêtre, étaient boursouflés et verts comme des couleuvres mortes. Le gaulage de plusieurs automnes avait donné des noix par quintaux, un tas gigantesque que l'on avait déversé comme du charbon, car une partie de la maison étant adossée à une colline, on avait ouvert un soupirail dans un mur de la pièce. A l'autre bout étaient empilés de vieux meubles, des cadres, des tapis. Des fenêtres aux vitres brisées laissaient entrer le vent malgré les volets repoussés. Enfin, appuyé aux derniers barreaux de la rampe d'escalier, le lit du domestique. Ou, plutôt, une couche que Blanche me désignait avec un sourire idiot. Le lit dans lequel le domestique se recroquevillait depuis dix ans était creux comme un puits. Le drap qui le recouvrait et qu'aucune main de femme n'avait jamais battu sur le galet des rivières, était noir comme la nuit et plus noir à mesure que le regard plongeait dans les profondeurs. Je voulus partir, encouragé par la lumière du jour qui forçait la chambranle des fenêtres, par les vents qui s'entortillaient à hauteur des chevilles, mais une toile était tissée quelque part pour me prendre. Le regard de Blanche chercha mon regard, ses doigts touchèrent mes doigts, et un lent mouvement du menton me montra le tas de noix qui montait jusqu'au plafond. La femme était devant moi, souriante. Elle était un peu voûtée. Ses yeux étaient fixes, sa bouche légèrement tordue, le cheveu rare. Les jambes étaient osseuses et droites et si éloignées l'une de l'autre qu'elles dessinaient un socle trop large pour un buste si grêle. La main de Blanche, puissante comme une main d'homme, prit ma main et la serra au point de briser un os. Le corps tout entier s'approcha de moi. Devant cette femme inconnue, je n'étais rien d'autre qu'une courte étreinte à venir, une proie. Je ne sais comment je pus reprendre mon bras à la main d'acier qui le tenait, comment je quittai l'étage, je descendis l'escalier, je fis claquer la porte d'entrée derrière moi, comment je fus sur la route. Je vis encore le domestique debout derrière une fenêtre. J'avais pressé le pas mais j'hésitai à courir. Je me retournai. La maison ne s'était pas écroulée mais elle s'enfonçait doucement dans les brumes ou dans la terre… Bientôt, la pluie, les nuages et le crépuscule confisquèrent le paysage. J'étais assuré de ne pas me perdre car le grain du bitume défilait avec régularité sous mon pas rapide. Enfin, un ou deux kilomètres avant le village, je vis les chasseurs qui remontaient la route. Je crus bêtement qu'ils allaient me ramener au village. J'étais ruisselant, épuisé. Mais les hommes me demandèrent simplement si je n'avais pas vu passer le chien du maire qui venait de s'enfuir… Comme s'il était possible de voir quelque chose dans l'air opaque et froid… Le chien du maire, le chien d'exception que celui-ci avait payé dix mille francs, avait creusé un tunnel sous le mur de sa cave et pris le large. Ce bougre d'animal, dit un homme, est agile et nerveux mais il n'ira pas loin, il est devenu presque aveugle.

20

Sept rentrées. J'étais resté assez longtemps pour que Marielle, qui avait dix ans, enseignât aux élèves les plus jeunes l'usage qu'elle faisait autrefois de la pâte à modeler, assez longtemps pour que ma fille sortît de l'enclos où le petit Albert surveillait le mouvement paisible de sa respiration, pour qu'elle fît ses premiers pas sur les chemins bordés de cerisiers, pour qu'elle rejoignît l'école à son tour et apprît à lire… Quelques vieux camarades de ma propre enfance qui voyageaient dans une voiture chargée d'échantillons s'arrêtaient à ma hauteur quand ils rentraient de Bédarieux ou de Lodève. Ils étaient humides de sueur et rouges. Le dos de leur veste était fripé et le cheveu plat sur leur crâne moite. Ils me parlaient des copains, du plus méritant d'entre eux, un jeune magistrat glissant de La Rochelle à Besançon, suivi d'un camion de déménagement presque vide, des fils d'industriels brutalement privés d'usine et entamant la fortune de leurs ancêtres, de tous ceux, qui comme eux, avaient interrompu les études après le permis de conduire et partaient à l'assaut des filatures perdues. Ils me regardaient avec soin… Ils ne voulaient pas croire qu'avec mes mains si blanches, avec si peu de patois dans la voix, avec un chien qui ne chassait pas, je pouvais vivre au milieu des braconniers et des vieillards titubants. Mais je vivais comme un roi car j'avais vaincu le temps qu'eux-mêmes tentaient de détruire avec le tumulte de leur voiture éreintée, avec les courses réitérées de ville en ville, ce temps qui avait vaincu leur père avant eux, mon père et tant d'autres. Je pouvais encore leur dire que j'étais un écrivain en devenir, mais le bouillon des nuits de veille revenait inlassablement de Paris en masse, intact… Jamais ils n'auraient compris… Tant de pages noircies pour rien…

Arrivèrent les derniers certificats d'études. Les collègues des villes en avaient assez des dictées aspirées jusqu'à la dernière voyelle, jusqu'à la dernière consonne des participes passés, assez des préfectures exotiques prononcées cent fois, syllabe après syllabe. Devenus sourds aux convocations qui les poussaient dans les centres d'examen perdus, ils avaient été remplacés par des ermites tels que moi. Le certificat d'études n'était plus grand-chose depuis longtemps et les candidats : des enfants plus grands que moi et presque aussi vieux. On abandonna les derniers diplômes à des cancres que des paysans avisés et retors avaient poussés là, flairant l'aubaine d'une gloire facile à prendre, ou à des lycéens brillants que les parents avaient détachés de leurs algorithmes pour offrir à un grand-père à l'agonie le dernier certif de la famille et que l'on interrogeait à peine, forcément…

Mort et bien mort, le certificat d'études fut enterré par l'inspecteur qui attendit la dernière session et la remise des diplômes pour faire un discours. Les morts sont dotés de toutes les vertus et le certificat d'études avait fait tant d'heureux que les visages des derniers lauréats, souriants et pourpres comme le furent ceux de tous les lauréats, se raidirent lentement. Quelques jours plus tard, l'inspecteur, qui avait fait valoir ses droits à la retraite, organisa une fête dans ce même gros bourg viticole où il était né et où il avait jadis obtenu son certificat d'études. Ses parents, qui avaient survécu à tous ses succès, étaient assis au premier rang et s'étaient assis seuls, sans le secours stupide de ces assistants improvisés qui, dans de telles occasions, se précipitent sur les vieillards. Avant d'atteindre les cadeaux étalés sur une table, l'inspecteur resta un long moment en leur compagnie. Il prononça ensuite quelques mots de remerciement. Pendant qu'il parlait en s'efforçant de regarder son public, le retraité promenait ses mains au milieu des cadeaux : un appareil photo, des livres, une canne à pêche… Il y avait dans le moindre de ses gestes la promesse d'une vie nouvelle, l'impatience de ces gourmets qui ne savent quel plat goûter le premier et, dans le regard des convives, cette complicité que les bienfaiteurs ont pour les amis qu'ils ont comblés. Il ne faisait aucun doute que le retraité aimait la photographie, la pêche et la lecture, qu'il était un de ces honnêtes hommes qui ont conduit une belle carrière et que cette belle carrière était le fait d'un érudit, d'un artiste. Non. Rien de tout cela. Les carrières offertes aux enfants méritants des gros bourgs passaient jadis par les terres brûlées d'outre-mer où l'on prenait des galons entre deux fièvres… Le décès prématuré des anciens précipitait les avancements. La santé, seule, suffisait à faire une carrière de fonctionnaire. Pendant toute une vie, le retraité avait certainement pris quelques photos, traqué quelques poissons, lu quelques livres mais il avait eu peu de temps pour les futilités. Il savait que sa vie commençait et il remerciait avec chaleur. Il ne pensait pas aux torrents qui allaient gronder pendant ses vieux jours, ni aux livres, aux appareils photo qu'il entassait depuis des années, à la faveur des adieux successifs qui avaient ponctué sa carrière, mais à la médiocrité des imaginations qui avaient décidé de la nature des cadeaux, toujours les mêmes, à la médiocrité des toilettes affichées ce jour-là, les mêmes robes, les mêmes costumes, les mêmes maquillages, les mêmes sourires qui enveloppaient tous les pots d'adieux… C'était mieux ainsi… Il n'avait pas attendu tout ce temps pour faire la grimace. Maintenant, il était paré pour les rivières bordées de joncs. Il avait reçu la bénédiction de ses amis. Ses parents avaient attendu pour mourir que sa vie, une vie bien remplie, fût verrouillée comme un coffre. Il était seul.

M. Cros, l'ancien instituteur, qui refusait de mourir après trente ans de pêche à la ligne m'accostait parfois pour me dire que, lorsqu'il occupait mon logement, il traversait la cour en plein hiver pour aller pisser dans les W-C à la turque. Les W-C de la cour… Le plombier y avait souvent enfoncé la moitié de son corps et les élèves ne s'y risquaient plus. Ceux qui rentraient chez eux dans la liberté des fougères se dressaient avec orgueil sur un talus... Les derniers hivers furent interminables, brouillés par les pluies, traversés de vents, de camions aveugles. La vallée se dépeuplait. Ses habitants rejoignaient l'unique point de lumière qui brillait encore dans les maisons quand les cheminées obstruées furent définitivement froides : l'éclat presque fluide des écrans de télé sur lequel les yeux émerveillés se posaient pendant tout l'hiver. Seule une misère absolue pouvait pousser un étranger dans la vallée déserte mais les vagabonds, les vrais chemineaux forçant la porte des fermes pour dérober un pain aussi gros qu'eux à des maîtres assis, vaincus et consentants, n'existaient plus et les clochards des villes, abrutis de vin et brisés par des nuits dans le soufflet des trains, n'avaient jamais atteint les campagnes. Enfin, il ne restait aucune trace des journaliers que les cerises ou les marrons avaient attirés au printemps ou en automne, aucune trace des petits cirques minables avec leurs chèvres savantes cherchant l'herbe et l'ombre. Il y eut seulement, attendant au volant de sa fourgonnette, sanglé dans les hardes d'un autre siècle, rompu par une vie d'aumônes, par le froid, par la solitude, le montreur de marionnettes que la misère conduisit jusqu'ici, avec sa femme tout d'abord, seul ensuite car la femme était morte ou en fuite, et que la misère absolue avait brisé, sans aucun doute, mais pas au point qu'il ne pût édifier son guignol dans ma classe. Autrefois, l'homme fut charpentier ou hercule de foire, fort en bras, à coup sûr, et fort en gueule peut-être, mais, à ce moment-là, aussitôt ses planches dressées et avant de s'asseoir sur le sol et de nicher les mains dans les jupes de ses personnages, il filait dans les W-C. Il s'y s'enfermait de longues minutes et revenait se blottir au fond du petit théâtre. Le numéro commençait. Guignol, Gnafron, les coups de bâton… Les enfants debout donnaient l'alarme. Ils avaient peur. Le silence, enfin. L'homme attendait que les enfants fussent partis pour quitter sa cage car il ne faut jamais montrer aux enfants les montreurs de marionnettes. Moi seul ici voyais cet homme qui courait les écoles perdues depuis vingt ans pour deux cents francs, pour cent francs, pour rien, bientôt, pour un sourire, une poignée de main, une parole… La misère de l'homme était infinie et une vie à courir les écoles perdues l'avait complètement épuisé… Il partait à son tour sans dire merci, sans un mot, en abandonnant juste sur l'émail inaltéré des W-C l'offrande pitoyable que ses entrailles avaient arrachée à sa faim et sur laquelle la chasse d'eau jetait en vain son déluge.

Ce n'étaient pas les extrémités du monde connu que j'avais habitées pendant tous ces mois, mais une miniature du monde entier, avec ses sommets hérissés, ses vallées jalonnées de méandres, ses paysans arrosant leur blé à grands coups de pelle plongée dans les ruisseaux, ses enfants prélevant brindilles et cailloux sur le bord des chemins. On vivait ici sur un domaine archaïque. Les mers, les océans étaient des gouffres lointains et les avions, les fusées n'existaient pas. La Terre, enfin, n'était pas ronde. Et si jamais elle l'était, comment les gens de la vallée pouvaient-ils le vérifier, avec leurs seules mains grandes ouvertes… ? L'immensité du monde leur avait échappé mais ils connaissaient le manège des insectes prison niers sous les pierres et l'emplacement des chênes truffiers. Tous, les enfants, les vieux, pouvaient rester dix minutes dans la contemplation de fougères piétinées, de laissées de gibier noires comme des braises. Les grandes énigmes de la nature les captivaient et il y avait toujours quelqu'un pour rapporter les propos du médecin appelé en renfort pour la formation des secouristes, à la caserne des pompiers, annonçant fièrement que le transit intestinal des êtres humains pouvait durer jusqu'à soixante heures, que des femmes mettaient au monde des enfants de dix kilos ou des siamois attachés par le crâne, qu'un Japonais âgé de cent vingt ans venait de mourir…

Les érudits partis à la recherche des miséreux convertis au brigandage, des voleurs de pommes morts au bagne et des chiens mangeurs d'enfants, étaient revenus pour compter les vieillards et les moribonds. Jamais les vieux n'avaient été si nombreux dans la vallée. Pour connaître le secret des longévités, on préleva l'eau des ruisseaux, la terre des potagers, avec la certitude de trouver dans l'infiniment petit la force qui armait les centenaires. On publia des courbes et des calculs, la dominante des groupes sanguins, le pourcentage des tuberculeux, la nature des épidémies médiévales. Il y eut ainsi mille raisons d'être éternel dans ce pays niché entre le soleil et l'ombre, entre la mer et le ciel. En réalité, les gens d'ici ne vivaient pas vieux, ils se muaient en pierres, tout doucement.

Il n'y avait pas tant d'enfants… Les enfants des villages avaient fait des enfants, mais ailleurs. Ils étaient mille, cent mille, dans les écoles de la République à cinquante kilomètres d'ici, à cinq cents kilomètres, ceux qui se présentaient aux épreuves du baccalauréat quand les vieillards de chez nous avaient encore un peu de souffle pour évoquer le certificat d'études. Le certif… Afin d'en finir avec les nostalgiques éparpillés, il eût suffi de révéler qu'on venait de l'enterrer et que nos chefs avaient posé le pied sur sa dépouille en appuyant dessus comme sur un mégot… Les hommes jeunes que le maire avait fixés sur des miradors ou au fond de fosses à vidange, avaient fait leurs enfants et il n'était pas question qu'ils en fissent d'autres parce que, à quarante ans, ils aspiraient au silence. Les enfants grandissaient. Quelques-uns avaient assez de mérites pour se présenter au certificat d'études si l'administration décidait de ressusciter celui-ci, peut-être allaient-ils faire des études jusqu'à vingt ans ou vingt-cinq ans, pour prendre ma place, pour prendre la place du médecin.

Les enfants des hippies ne revinrent jamais à l'école. Aucun boulanger ne s'installa et le maire, qui savait son école condamnée, renonça à voler des enfants dans la cité HLM de Saint-Pons. Je commençai à consulter la liste des postes à pourvoir dans les villes du département, découvrant par dizaines des écoles qui portaient le nom d'un grand écrivain ou d'un bienfaiteur de l'école publique. J'inscrivis certaines d'entre elles sur une fiche de vœux, en me laissant guider par la musique des mots, en cherchant leur emplacement sur le sol où j'avais déplié les plans de Béziers, de Montpellier, de Sète, enfin, où ma femme avait eu sa mutation. Cependant, j'étais pour quelques semaines encore le précepteur des enfants du pays et d'eux seuls… Le maire obtint un troisième mandat. Personne n'avait osé se présenter contre lui. Il y avait bien des mécontents, des jaloux, des ambitieux mais il n'y avait pas onze noms à inscrire sur une liste. Deux femmes furent élues, deux femmes jeunes, qui avaient le permis de conduire et une voiture, des rendez-vous chez le coiffeur, chez l'esthéticienne, une véritable vie de femme. Les élections nationales se déroulèrent à leur tour dans le calme et l'union. Car la droite et la gauche, le clivage séculaire qui, naguère encore, opposait les propriétaires aux journaliers, les paysans aux ouvriers, n'existaient plus. Tous, maintenant, voulaient croire que le monde rural allait retrouver les douceurs de la nature originelle, les fastes des moissons antédiluviennes, les reflets résurgents de l'âge d'or grâce au mouvement Chasse, Pêche, Nature & Traditions qui arriva en tête dans la vallée aux élections européennes de 1989. Loin devant les autres. C'était un nouveau parti politique qui abordait les vrais problèmes de société comme le passage des palombes ou la réforme du permis de chasse. Le CPNT ne promettait pas un monde meilleur mais un monde figé dans un flot de chiens triomphants, gouverné par le plus ignorant des humains, pourvu que ce fût un homme et, mieux qu'un homme, un chasseur. Chasse, pêche, nature, traditions… Jamais ces quatre mots n'apparaissaient dans les discours électoraux que les candidats à la députation ou au conseil général, fussent-ils des enfants du pays adonnés à la chasse et à la pêche, prononçaient d'ordinaire dans les mairies de la vallée. Et ces quatre mots inscrits en exergue à une affiche, à un tract, à une profession de foi, avaient suffi pour qu'Anselme, l'entrepreneur et ancien maçon, reniât, à défaut de convictions politiques, ses habitudes d'électeur, pour que les autres, qui disaient simplement "Ce soir champagne !" après la victoire des socialistes, ou d'autres encore qui disaient la même chose après la victoire des conservateurs, prissent un bulletin pour le candidat CPNT et un formulaire d'adhésion au parti. Ainsi, les élections, qui donnaient habituellement quelques remous, rassemblèrent-elles en 1989 tous les hommes du village après le dépouillement, pour des grillades au garage des pompiers. Avec des planches renversées sur des tréteaux, on y improvisa un banquet que présida le maire. Celui-ci avait épaissi, son pas était moins alerte et son verbe moins haut. Il porta néanmoins un toast avec beaucoup d'aisance, que l'on applaudit avant de réclamer la petite acrobatie de la chaise. Le maire enleva la veste, retroussa les manches de sa chemise et attendit la chaise que Gaby alla prendre dans une remise. C'était toujours la même chaise, mais le singe savant était devenu volumineux comme un ours. Il sauta la chaise et son dossier avec la même aisance qu'avant, dans un souffle, mais le souffle était long, bruyant.

Ma dernière année fut une année sans catéchisme et sans guignol. Le curé et le montreur de marionnettes, qui avaient appris que mon école n'était plus grand-chose, savaient désormais qu'elle n'était rien et les représentants d'articles scolaires et d'encyclopédies ne s'arrêtaient plus. Le seul qui eut le courage d'entrer vendait des fac-similés du journal *L'Illustration*… Vingt volumes couvrant un siècle… Des conditions de paiement très avantageuses, échelonnées sur dix ans, sur quinze ans, sur un siècle, aussi, si je voulais bien, sur l'éternité, enfin, si j'insistais. Le bonhomme était à l'agonie. Il eût vendu des savons ou des images pieuses pour rester en vie quelques semaines de plus… Il ignorait par ailleurs ce qu'il vendait, un journal plus fourbu que lui, compromis avec l'occupant allemand et abattu à la Libération comme un homme. Il y eut encore, dans la clarté de l'hiver, la longue grève à l'imprimerie du *Midi Libre*, le quotidien régional né dans l'honneur quand celui-là mourut dans la honte. L'encre du journal était la seule encre qui coulait ici et ceux qui avaient oublié l'école, ou M. Cros, qui avait appris à lire à la moitié du village et au maire lui-même, prenaient chaque matin le journal avant le pain. C'était le monde entier qu'ils serraient dans leurs mains et, dans ce monde, gigantesques et monstrueux comme sont les trains et les paquebots défilant à la surface des globes dessinés dans les encyclopédies pour enfants, leur village, leur canton, la vallée tout entière, étaient plus grands que tous les continents réunis, le nom du conseiller général y revenait dix fois quand celui du président de la République était à peine mentionné… La vérité était dans les deux pages d'informations locales, l'incontestable vérité de l'encre et du papier, que les hommes debout dans la rue brandissaient comme un trophée, la vérité qui tuait la parole du maire, la parole du curé, la parole de l'instituteur, la vérité reprise mot par mot sur le trottoir, à la maison, au bar enfin… Achille, derrière son comptoir, lisait en silence, immobile, presque avachi, prêt à écraser son buste immense sur le journal ouvert. Puis, à la façon d'un musicien que la partition a longtemps laissé dans le silence et que le chef d'orchestre arrache à la torpeur le temps d'un solo, le cafetier ramassait son journal, le pliait, le repliait et, quand celui-ci n'était plus qu'une brique de papier que sa grande main allait briser, il commençait sa lecture. Pour qu'il prît ainsi la parole, sans se soucier de l'ampleur de son auditoire ou de son attention, il fallait que le fait-divers fût remarquable. Le cafetier lisait à voix haute la découverte dans la forêt d'un corps calciné et sa voix était celle de l'écolier qui ouvrait autrefois son abécédaire à la demande du maître d'école. Prise dans l'entrelacs des syllabes, bridée comme une bête sous l'attelage, la voix révélait la taille étonnante du cadavre – un mètre quatre-vingt-quinze – ou le détail des blessures, la noirceur des sous-bois, et la terre plus noire encore retrouvée dans le ventre et dans les poumons. Ce n'était pas une voix pour dire les émotions qui retentissait avec un timbre parfait, c'était la voix d'un enfant, une voix vieille de cinquante ans, que le cafetier avait prise dans une vie lointaine comme il eût pris un vieux jouet dans un coffre du grenier. Le plus étonnant, ce n'était pas le cadavre présent depuis deux jours à la morgue et que tuaient une seconde fois les baumes et les doigts posés sur lui, ce n'était pas l'intérêt du cafetier pour un fait-divers inédit dans la région, le plus étonnant c'était la voix de l'enfant dans le corps de l'homme mûr, en prise avec le déchiffrement, avec la ponctuation ou avec le déferlement des rhumatismes, avec le souffle trop court, le bourdonnement des oreilles, toutes les misères de l'homme qui pliait peu à peu, qui allait rompre.

La grève à l'imprimerie du journal dura si longtemps et arriva à un si mauvais moment, en plein hiver, quand tous les jardins avaient été dépouillés, tous les arbres avaient été désossés, équarris comme des carcasses d'animaux, que les hommes s'unirent pour demander leur journal quotidien. Ils ne voulaient plus attendre et puisque le travail ne reprenait pas au *Midi Libre* il suffisait à *La Dépêche du Midi* d'étendre au département la diffusion des éditions du Narbonnais tout proche. Mais *La Dépêche du Midi* n'arriva pas jusqu'ici car les ouvriers imprimeurs de Toulouse, solidaires, refusèrent de faire tourner plus vite ou plus longtemps leurs rotatives quand celles de Montpellier ne tournaient plus et ce furent alors deux longs mois hors du temps, que la télévision, fût-elle régionale, fût-elle éclairée par les écrans couleur, n'égaya jamais, parce que la télévision était une invention monstrueuse et les vieux du village avaient fini par s'endormir devant…

Après quelques années passées ici, m'avait-on dit au début, je devais connaître tout le monde dans la vallée. Connaître tout le monde, c'était esquisser un geste du menton comme le faisait discrètement Clovis, c'était encore parler des plus anciens en usant des surnoms, car les surnoms avaient une ampleur considérable, ils étaient le lien entre les noms et la terre. La terre était partout, dans les oreilles des chiens, sous les ongles de l'épicier qui n'avait pas retourné un potager depuis vingt ans… Jamais je ne reçus un de ces messages que M. Cros avait oubliés dans un tiroir et que les parents lui adressaient quand les cerisiers étaient lourds et prêts à rompre comme des bêtes gravides, quand les premiers marrons tombaient et qu'il fallait aux adultes le renfort des enfants. "Monsieur Cros, révélait un de ces messages écrits à la plume sur une page arrachée à un cahier, Maurice ne viendra pas à l'école ce matin car son père l'a gardé pour lui aider aux cerises." Ces messages étaient l'unique courrier que les paysans signèrent vingt ans après le front ou après le régiment, des mots d'excuse insipides pour réclamer l'enfant à son ravisseur. M. Cros avait soigneusement archivé ces bouts de papier, parce que, au-dessus de la banalité des messages, au-dessus de la syntaxe qui obéissait moins au français qu'au patois, régnait la parure étincelante des mots écrits sans la moindre erreur. Ainsi l'orthographe irréprochable des parents était l'orgueil du maître d'école. Vingt ans, trente ans dans les châtaigneraies et les vignes n'avaient pas effacé les leçons du passé et je me demandais quel carcan, quel pilori le maître d'école avait mis à l'œuvre en son temps pour que les traces fussent aussi profondes. Tout avait changé. Moi-même, je me perdais dans le dédale des accords de participe et mes premiers essais romanesques dictés par ma dévotion pour les grands auteurs contenaient plus de fautes qu'une copie d'écolier. Les écoliers, quant à eux, ne se mêlaient plus aux travaux des champs. Les châtaigneraies, les vignes étaient à l'abandon et des téméraires grimpaient toujours sur les échelles pour décrocher les cerises. En réalité, les vergers étaient mis à sac depuis peu par des machines dont les mâchoires broyaient les troncs. Les cerises sans queue tombaient dans des conteneurs de trois cents litres que l'on scellait aussitôt remplis et qui partaient le soir même pour les usines allemandes.

Les derniers mois. Les dernières semaines. Les derniers bulletins de notes. L'été. Je ne sortais plus. Je rassemblais mes livres et mes cahiers. J'entassais mes photographies dans des cartons. J'étais prêt à m'en aller. J'avais obtenu un poste à Sète, dans une école de quartier, entre terrain de football et voie ferrée, et le poissonnier qui arrêtait son camion tous les lundis devant la mairie me parlait de la ville, où il était né, comme d'un paradis. Je l'écoutais à peine parce qu'il évoquait le paradis de son enfance et que l'enfance des autres était pour moi un mystère, un pays lointain. Les derniers jours, enfin… Le chien du maire fut découvert tout près d'un ruisseau. Pendant deux mois, il avait habité les talus et les coupe-feu. Puis il sombra dans un buisson, roula en emportant les ronces avec lui et s'immobilisa au fond d'un ravin. Le chien était décharné, muet. Il était le prisonnier encore vivant du buisson dans lequel il fallut tailler pour le libérer… Les élèves avaient quitté l'école pour les profondeurs d'un jardin. Ils empilaient des hannetons, creusaient des tunnels dans les racines d'un figuier. De rares vieillards se risquaient dans les vergers pour cueillir au sommet des arbres les cerises que les machines n'avaient pas décrochées. Ils arrivaient lentement au bout de leur échelle, demeuraient quelques secondes en équilibre entre la terre et le soleil et tombaient. Ils tombaient tout seuls, sans l'aide du vent, sans l'aide des hommes, sans l'aide de Dieu et on les retrouvait étendus sur le sol, avant la nuit, bien vivants, le visage dans la lumière du ciel et les yeux ouverts.

BABEL

Extrait du catalogue

805. LUIGI GUARNIERI
La Double Vie de Vermeer

806. PER OLOV ENQUIST
Blanche et Marie

807. HELLA S. HAASSE
Les Initiés

808. ANDRÉ BRINK
L'Insecte missionnaire

809. CÉSAR AIRA
Les Larmes

810. EDUARDO BELGRANO RAWSON
Fuegia

811. LIEVE JORIS
La Chanteuse de Zanzibar

812. THÉODORE MONOD
Majâbat al-Koubrâ

813. PAUL BELAICHE-DANINOS
Les Soixante-Seize Jours de Marie-Antoinette à la Conciergerie, t. I

814. MADISON SMARTT BELL
Le Maître des carrefours

815. YAAKOV SHABTAÏ
Pour inventaire

816. ANDRÉAS STAÏKOS
Les Liaisons culinaires

817. NORBERT ROULAND
Soleils barbares

818. PRALINE GAY-PARA
Contes curieux

819. MARGARITA XANTHAKOU
On raconte en Laconie…

820. INTERNATIONALE DE L'IMAGINAIRE N° 22
Evénementiel *vs* action culturelle

821. COLLECTIF
Le Dialogue des cultures

822. VÉRONIQUE OVALDÉ
Déloger l'animal

823. METIN ARDITI
La Pension Marguerite

824. LYONEL TROUILLOT
Les Enfants des héros

825. JEAN-PIERRE GATTÉGNO
Le Grand Faiseur

826. CLAUDE PUJADE-RENAUD
La Chatière

827. DANIEL ZIMMERMANN
Le Spectateur

828. STÉPHANE FIÈRE
La Promesse de Shanghai

829. ÉLIE-GEORGES BERREBY
L'Enfant pied-noir

830. TAMIKI HARA
Hiroshima, fleurs d'été

831. VASSILI AXIONOV
A la Voltaire

832. WILLIAM T. VOLLMANN
Les Fusils

833. YOKO OGAWA
Le Réfectoire un soir et une piscine sous la pluie

834. ELIAS KHOURY
Un parfum de paradis

835. MAHMOUD DARWICH
Une mémoire pour l'oubli

836. CHRISTIAN GOUDINEAU
Regard sur la Gaule

837. GABRIEL CAMPS
Les Berbères

838. JAMES KNOWLSON
Beckett

839. ROBERT C. DAVIS
Esclaves chrétiens, maîtres musulmans

840. ANNE-MARIE GARAT
Dans la main du diable

841. NANCY HUSTON
Lignes de faille

842. LAURENT GAUDÉ
Eldorado

843. ALAA EL ASWANY
L'Immeuble Yacoubian

844. BAHIYYIH NAKHJAVANI
Les Cinq Rêves du scribe

845. FAROUK MARDAM-BEY
Etre arabe

846. NATHANIEL HAWTHORNE
Contes et récits

847. WILLIAM SHAKESPEARE
Sonnets

848. AKI SHIMAZAKI
Tsubame

849. SELMA LAGERLÖF
Le Livre de Noël

850. CHI LI
Pour qui te prends-tu ?

851. ANNA ENQUIST
La Blessure

852. AKIRA YOSHIMURA
La Guerre des jours lointains

853. GAMAL GHITANY
La Mystérieuse Affaire de l'impasse Zaafarâni

854. PAUL BELAICHE-DANINOS
Les Soixante-Seize Jours de Marie-Antoinette
à la Conciergerie, t. II

855. RÉGINE CRESPIN
A la scène, à la ville

856. PHILIPPE BEAUSSANT
Mangez baroque et restez mince

857. ALICE FERNEY
Les Autres

858. FRANÇOIS DUPEYRON
Le Grand Soir

859. JEAN-LUC OUTERS
Le Bureau de l'heure

860. YOKO OGAWA
La Formule préférée du professeur

861. IMRE KERTÉSZ
Un autre

862. OSCAR WILDE
Quatre comédies

863. HUBERT NYSSEN
Quand tu seras à Proust la guerre sera finie

864. NIMROD
Les Jambes d'Alice

865. JAVIER CERCAS
A la vitesse de la lumière

866. TIM PARKS
Double vie

867. FRANZ KAFKA
Récits posthumes et fragments

868. LEENA LANDER
La Maison des papillons noirs

869. CÉSAR AIRA
La Guerre des gymnases

870. PAUL AUSTER
Disparitions

871. RUSSELL BANKS
Hamilton Stark

872. BRIGITTE SMADJA
Le jaune est sa couleur

873. V. KHOURY-GHATA
La Maison aux orties

874. CLAUDIE GALLAY
Dans l'or du temps

875. FRÉDÉRIC MISTRAL
Mes origines

876. YAAKOV SHABTAÏ
Et en fin de compte

877. ORLY CASTEL-BLOOM
Dolly City

878. KLAUS MANN
Le Tournant

879. DON DELILLO
Les Noms

880. YU HUA
Vivre !

881. NAGUIB MAHFOUZ
Son Excellence

882. PAUL NIZON
La Fourrure de la Truite

883. JAMES LEO HERLIHY
Macadam Cowboy

884. SAMIR KASSIR
Considérations sur le malheur arabe

885. JÖRG BLECH
Les Inventeurs de maladies

886. OLIVIER PY
Théâtre complet I

887. ANNE-MARIE GARAT
Chambre noire

888. MINH TRAN HUY
Le Lac né en une nuit

889. ABDOURAHMAN A. WABERI
Aux Etats-Unis d'Afrique

890. VILMA FUENTES
L'Autobus de Mexico

891. LEENA LANDER
Vienne la tempête

892. THÉODORE MONOD
Le Fer de Dieu

893. MARC de GOUVENAIN
Un printemps en Sibérie

894. *
Le Chevalier paillard

895. VOLTAIRE
Ce qui plaît aux dames

896. DOMINIQUE PAGANELLI
Libre arbitre

897. FRÉDÉRIQUE DEGHELT
La Vie d'une autre

898. FRÉDÉRIC CHAUDIÈRE
Tribulations d'un stradivarius en Amérique

899. CHI LI
Soleil Levant

900. PAUL AUSTER
Dans le scriptorium

901. FRANS G. BENGTSSON
Orm le Rouge, t. I

902. LAURENT GAUDÉ
Dans la nuit Mozambique

903. MATHIAS ÉNARD
La Perfection du tir

COÉDITION ACTES SUD – LEMÉAC

Ouvrage réalisé
par l'Atelier graphique Actes Sud.
Achevé d'imprimer
en juin 2008
par Normandie Roto Impression s.a.s.
61250 Lonrai
sur papier fabriqué à partir de bois provenant
de forêts gérées durablement (www.fsc.org)
pour le compte
d'ACTES SUD
Le Méjan
Place Nina-Berberova
13200 Arles.

Dépôt légal
1re édition : août 2008
N° impr. : 082071
(Imprimé en France)